命定中的航道 / 作家 陳志堅

　　當特工梁科慶博士在「Q版」以外書寫郵輪之旅，你總會相信這必然是獨一無二的變幻旅程，如果在郵輪上遇到各種懸而未決的狀況，這顯然是一次再次的奇遇與非偶然，而只有特工的睿智可以予以創造、鋪寫和析疑，廿多年來持續地作為讀者不住追逐的光影、閃逝與迴盪，且又不斷地敲打着命運的門鐘，奏和着香港推理懸疑小說的套曲。

非虛構小說的力度

　　菲利・米爾頓・普羅斯（Philip Milton Roth）在〈寫作美國小說〉中表示，小說書寫就是：「事實與虛構混淆不清。」似乎已對非虛構小說落下了重要註腳。而非虛構小說的本質，在於虛擬的敘事結構中能否呈現真實性，環境、人物與思考類型在對抗現實的場域中竟如此真實地被演說，且在虛實之間又彷彿無可抵禦地混合，而展現出叫人可信的獨立世界。當然，作者有自己要說的話，非如卡夫卡般藉人物角色呈現個人情緒的表現主義式書寫，然而作者的寫作意圖又是如此真實且明白地在述說故事，而成為讀者所要接受的書寫美學。

讀科慶的《謎航》就是如此具象地穿越真實與虛構。沖繩本島與石垣島的描繪就像親歷其境，以為跟從作家遊歷了一趟岸上風情，無論是街巷或小店竟如此細長，人物在當中的活動如縮時快拍。然而，在真實與具象之餘，小說故事又如此難以構築，就像是看偵探懸疑，無論是游繩攀爬、走私鑽石或血醬騙局的舉措，在虛構中如此扣人心弦。將虛擬建構於真實，真實重塑於虛擬，科慶固然做得純煉圓熟，拿捏引人入勝的推移力度才是當中的巧思。力度過大也就說穿了，然而文貴含蓄，力度不足那叫讀者無法理解，文貴精到，恰到好處的力度呈現，真實的真實，虛擬的虛擬，之所以讀來充滿快感。

卡夫卡式的荒謬

當保羅在尋找父親下落時，因系統上沒有父親上船的紀錄，本來由職員協助一下子改易為被職員押送。如此天翻地覆的轉變，是小說精心的鋪設。卡夫卡《審判》中的K，在酒店一朝醒來就立即被逮捕了。K不但無法理解，亦難以說白，在追逐真實的同時，也不自覺地墜進審判的網羅，而最終成為無

法逆轉的主角。保羅似乎比起 K 幸運,而在與蘇先生的對抗以致逐步演化成聯手的變奏中,保羅雖然比起蘇先生來說一直處於上風,然而情節接引命運,命運就如郵輪的航程般有定時。保羅因父之名從乘船、失蹤、被誤解、尋找,發展出曲折的局面。然而,保羅最終為了尋找父親還是保存鑽石仍可商榷,更重要的是小說的終局設定,保羅以父親的形象陳說自己的缺失促成怎樣的結果,但無論當中展示了真失調還是假精神,由此至終是否沒有一位父親,還可以說從來只有父親而沒有保羅,還是兩位都有,小說所能做到的,是在真與假的角力中展現了荒謬的本能,人被命定中註定失去和無法憑持,如毛姆在《月亮和六便士》中說:「追逐夢想就是追逐自己的厄運。」

故此,無論是在尋找父親,走私鑽石,根本地是一趟無可挽回的航程,除非我們能發現自己,發現自己何其渺小。《謎航》之所以耐讀,因小說可以讓讀者重新審視人性的可能,在手杖與鑽石之間、自己與父親之間、被控與釋放之間,或者要說在自我與他者之間,小說沒有展示陳套式的大團圓,這樣更顯世界的荒謬原來是何其真實,小說沒有最終自圓其說的抉

擇，那就是讀者的想像和作者的功力了。而這種尤如生存抉擇的實況，要歸結於小說一直以來所製造的疑團與落差，就像塑造了如何反轉原有的閱讀順序，將本來所以然擊破，產生突如其來的逆向發展，從而讓讀者產生閱讀疑惑的快感，牽引閱讀情緒之餘，也推進反轉的閱讀期望。

解嘲之必要，探視人性

　　沒有所謂完美人格，就如電視劇裏忠奸二元對立的角色根本不存在。如果說在小說裏人性彰顯的最徹底表現，那就必然要處理所謂「自我」的課題，自我從來都是人際關係角力的最大公因數。現代主義俄國作家納博科夫說：「人的自大是一種只有在回顧時才被發覺的心態，它的存在只有在受到懲罰後才能被確定。」《謎航》的精彩在於把人性徹底展現，人的自大與張狂顯然是根本地存有，而小說把「回顧」的責任全然交給讀者，因為由始至終，科慶書寫了作為小說家必須創造的模糊世界，因為模糊才顯得小說角色沒有被過度利用，也顯得更合乎真實（有時世界的美麗也在模糊之中彰顯）。無論是保羅

的真失調還是假甦醒，蘇先生的貪婪、脅迫和大男人竟連連受到擺布，麥隊長既權威又愚拙，父親的虛實參半，就是説人性總是複雜和模糊的，問題在於在某個既定的場域中，人到底怎樣抉擇，像一隻被人握在手裏的小鳥，牠的生死全在乎一線之差。故此，當我們閱讀小説時，我們不單止要讀出人性的本相，更要在其中解釋其所以然和其不所以然，來回應小説家在塑造小説角色，賦予角色特定身分的同時，挖掘其中的意義。

特別要談論的是保羅的夢。科慶在第五章用了頗長的篇幅寫在救生艇中發了一場奇怪的夢。在夢裏看見保羅與父親從小至大在籃球上的競技。他不諳父親為何痛罵媽媽一頓，故此他在籃球場上勝過父親，替媽媽出氣。後來不知何故，父親拄着拐杖卻輕易地勝過保羅，他不理解，大叫媽媽，就在這種狀態下醒來。這段精熟的文字不單是輕描淡寫的過渡，實質上是保羅這趟旅程的解釋。弗洛伊德説，夢的意義就是圓夢，人生在世有甚麼未能滿足的地方，夢就把它圓了；然而榮格卻認為夢是補償，就像是無法在現實中被滿足的慾望，人就在夢中得以補償，來補充現世中所缺漏的一塊。整個郵

輪之旅的原委就是基於保羅與父親的這種未被滿足的關係。媽媽在的時候，保羅能自在地遊走三人之中，然而媽媽離開了，拄着拐杖的父親能勝過保羅，這是真實世界的反映，反映自己如何受着父親的關係所壓抑，而突如其來夢的終止就如無法圓夢的關係，唯有依靠現實中真實地尋找父親作為個人與夢境的相互補償。

　　《謎航》的意義，在於我們醒覺現實中的怪現象和不可理喻原來可以如此正常和真實地發生。如果我們打算乘坐郵輪，來一趟奢華和妙不可言的無盡旅程，才發現我們以為在享樂主義和休息至上的文化異域中，卻原來不管誰根本老早已被分配到小說中的角色，在另一艘郵輪和另一條航道上，持續參與着命定中的模糊旅程，好讓特工重新替你書寫新的命運。

目錄

楔子

又濕又鹹的海風撲面吹來，腳下是冷陰陰的海水，背後是一片漆黑的大海，保羅一旦失足掉下去，身上沒救生衣、沒訊號燈，船一駛遠，船上的人無從尋回他，不溺斃才怪。他不禁心驚膽戰，雙腿麻木，踩在又圓又滑的欄杆上，寸步難移，要放棄嗎？不行，若給船員逮着，必被押進醫療中心，被施打鎮靜藥物，變得昏昏沉沉，到時誰去尋找下落不明的父親？船員判定父親不在船上，死活沒人會管。想到這裏，保羅鼓起勇氣，使力抓緊屏風隔板，後腳站穩，全身保持平衡，大氣不敢透，緩緩伸出前腳，從邊緣跨越屏風隔板，踏足7275艙房的陽台欄杆上，踏穩無差，才提起後腳，也跨過去了，便跳下陽台，縮在牆角，一動不敢動，因為他瞥見有人從上一層游繩攀下7273艙房的陽台……

I
沖繩

四小時前。

前面拄着手杖的佝僂老伯步履蹣跚，移動緩慢，跟在後面的保羅待得不耐煩，側身跨步越過老伯，離開乾手機失靈的男廁，邊走邊把手掌、手背擦在褲管上，指間仍濕濡，便抹在頭頂，順便用手指梳理一下頭髮。

「林先生……」

右邊有人以粵語叫喚，是一把女聲，聲音頗為陌生。

保羅也姓林，是喚他嗎？

他狐疑停步，遲疑地轉頭張望，畢竟是頭一遭來沖繩，遇見相識的人的機會微乎其微。

「林先生，是我呀，住在你隔壁艙房的蘇太太。」

「啊！蘇太太，這麼巧……」保羅今早與父親在陽台抽煙看海時，跟這位蘇太太打過招呼，聊了幾句。隔着陽台之間的屏風隔板，只看到她的半張臉，印象最深是，她的挑染啡金長髮被海風吹亂。

「不好意思，請問你在男廁裏有沒有看見我老公？」身穿一

襲豔麗紅裙的蘇太太尷尬地問。

「蘇先生嗎⋯⋯裏面人很多⋯⋯」保羅登時語窒，面露難色，回想那個又臭又濕又擠的廁所，超過一半在裏面「方便」的男人頸上掛着郵輪房卡，但誰是蘇先生？今早在陽台「露面」的只得蘇太太一人，他並沒見過蘇先生。

「我老公進去很久，他肚子不舒服，我有點擔心⋯⋯」

「肚子不舒服嗎？那，他一定在廁格裏。」保羅想了想，「妳在這稍等，我進去拍一下那些廁格門，替妳問一聲。」

「噢，不必了。」蘇太太拉住保羅的手臂，「不敢太過勞煩你。」她大概察覺到保羅的為難。

「不會，舉手之勞而已。」

「上岸時間只得半天，這麼短促，我不能自私，浪費你的時間去找我那饞嘴老公，他早餐吃太多乳酪，勸也不聽，現在肚瀉，每次搭郵輪他就饞嘴放肆，活該，你還是別管他，快去陪伴家人。」

「我爸沒上岸，我一個人到處亂逛，沒特定目的地。」

「那，去買伴手禮。對面街的免稅藥妝店七折酬賓，面膜買一送一，買兩打給女朋友吧。你看，裏面人頭湧湧，付錢也要排隊，你的時間寶貴，別管我們。」蘇太太又扳又推的，把保羅推出大街。

異地遇港人，理當守望相助，不過她既然堅持，保羅亦不

想擠回那令人厭惡的男廁唐突地拍門找一個素未謀面的蘇先生，遂順從她的意思，跟她道別後，信步踏上人行道。他討厭人多，也沒女朋友，便沒進藥妝店，只沿街蹓躂，繼續瀏覽櫥窗，見識沖繩街景，踩上顧客不太多的紀念品店，進去湊湊熱鬧，東西合適便買一些。

一路上，頸上掛着郵輪房卡的人絡繹不絕。郵輪旅客多是上年紀的大叔大嬸，除了吃自助餐，大部分時間都合作聽話，按照船公司的指示，離開艙房就掛上房卡，即使上岸逛街，房卡仍在胸前左搖右晃。年紀較輕的旅客，當然不會盲從，保羅和蘇太太登岸後都沒掛着房卡。看樣子，蘇太太四十左右，年紀雖較保羅大，但在郵輪上亦算年青一族。她雖沒掛房卡，但一身名牌穿搭，濃妝艷抹，郵輪泊岸時，她走在沖繩街頭，置身打扮樸素的本地人之間，不難讓人一看就知道是來自郵輪的旅客。

十一點四五萬噸、甲板最高十四層的巨型郵輪聳立海港碼頭，較碼頭周圍最高的建築物還要高出十多二十米，遠遠就能看見。郵輪停泊半天，為本地經濟注入可觀的進帳。試想，三千個旅客每人消費一百美元，到訪半天便帶來三十萬美元的生意額。這是最保守的估算，光看藥妝店櫃台前的購物車，車車滿載，隨便點算一車，帳單肯定超過一百美元呢！

郵輪泊岸還帶動周邊的服務行業，受惠的包括本地導遊、遊覽車司機、的士司機、碼頭工人、食店員工、便利店員工、紀念品店員工等等，雖是季節性的興旺，但整個夏季、半個秋季，郵輪去去來來，大家都忙得團團轉，看見越來越發脹的荷包，再忙也樂意。

難怪香港首位行政長官就任之初，揚言要把香港「打造」成世界級的郵輪中心，目標遠大而正確，後續的執行力卻乏善可陳，一直只聞樓梯響。行政長官上上落落，前後經歷了五任，郵輪碼頭還是發展不起來，施設嚴重不足，旅客離船後要輪候個多小時才登上接駁交通工具，之後又要塞車個多小時才到達景點或購物區，單就一項接待郵輪旅客的交通配套就不及格，給小小的沖繩比下去。

外地旅客減少來香港，香港人也不熱衷留港消費，一有假期，不是北上深圳，就是飛往日韓星馬泰，香港的經濟彷彿屋漏兼逢夜雨，每況愈下。

就在此時，突然下起雨來。

海島的天氣多變莫測。

郵輪進入海港時，藍天豔陽下晶瑩閃爍的海面泛起耀目的銀光；登岸時，捲雲聚攏，遮擋日照，變成陰天，保羅還跟父親說：「難得天公造美，熱毒的太陽被雲層擋住，你隨我下船走走吧。」

父親靠在陽台的躺椅上，架起二郎腿，背着保羅，搖動夾着半根香煙的焦黃指頭，聲音沙啞地說道：「我的腿痛，不去了，這種天色，陰晴不定，晚點可能下雨，帶傘啊！」

　　自保羅有記憶以來，雨傘是一件負累，除非出門時下大雨，傘絕不會帶。他掩上陽台玻璃門前，抬頭仰望天空，下雨的機會也許有，但求輕身上路，他寧冒濕身之險。

　　不聽老父言，吃虧在當前，如今教訓落在保羅的頭上。

　　當他越過斑馬線時，天色驟然變暗，他詫異地仰臉觀天，建築物屋頂上空驀地湧來大團烏雲，反而碼頭那邊陽光普照，世界一瞬間像被分割成光暗分明的二元對立。

　　烏雲來得好快，保羅感到不妙，馬上加快腳步，跑過車路尋找避雨之處。不幸地，下一瞬，大顆大顆的雨滴砸落他的臉額，接着陣雨劈頭傾瀉而下。他跑上人行道，以為可躲進有上蓋的巴士站內避雨，奈何巴士站有蓋沒壁，雨水隨風灑進、墜地彈入，才不過幾秒鐘，他右半身的衣衫盡皆濕透，待下去不是辦法，非得轉換「防空陣地」。急急掃視左右，便冒雨跑出巴士站，竄進旁邊的電話亭，匆匆掩上玻璃門。

　　保羅一直奇怪在手機大行其道的當下，電話亭還有什麼作用？此刻才明白，原來可用作避雨。

　　雨勢越下越大，雨點「劈劈卜卜」地敲打電話亭的玻璃頂

蓋、門、壁，雨水沿着平滑的玻璃面順流而下，形成一道道彎曲交錯的水紋，外面的街景變得模糊不清。

不管外面的風雨如何飄搖，他總算身處一個風雨不侵的地方，這才吁一口氣。

電話亭外面，路人絕跡，全都躲進店舖裏避雨去了。對街的紀念品店老闆腦筋靈活，馬上把一桶雨傘搬到店前的當眼處，就算沒抬價牟利，也沒錯失「驟降」的做生意機會。

一個紅裙女子扛起方格圖案的 Burberry 包包遮住頭額，狼狽地在雨中跑過來。走近，果然是蘇太太。她先經過巴士站，稍作遲疑，再直奔電話亭。保羅連忙往內挪，推開玻璃門，讓她擠進來。電話亭的面積稱不上寬敞，但他盡量背貼玻璃壁，勉強可騰出空間容她待下。

「謝謝！啊！林先生，真巧啊！」

「對，天有不測之風雲。」

「想不到我們這麼快又碰面⋯⋯」她再瞧瞧他，眼神比在廁所外面還要尷尬。

他們被雨水打濕的衣衫都貼住了皮膚，而她臉上的妝更遭雨水溶得七零八落，幾乎可以登台當粵劇的大反派。他謹慎地把目光從她身上移開，欠身低頭在購物袋裏摸出一條在紀念品店買的沖繩藍海棒球隊浴巾，遞給她，眼神沒接觸地説：「新買的，借妳用。」

「新的，弄髒了，怎好意思？」

「沒關係，別客氣，衣服濕了，容易着涼。」他刻意地強調衣服濕了。

「謝謝……」蘇太太會意，接過浴巾，抹臉、擦髮後，把它披在肩上，搭在胸前。

「不見蘇先生？」保羅看左看右，電話亭外沒第二個人。

「他坐的士返回郵輪休息，說不想我掃興，着我留下繼續shopping，誰知沒由來地遇上這場驟雨，同樣是掃興。」

「海島天氣，驟雨時停時下，來得快，歇也快，我們困在電話亭，就當作 shopping 小歇。」

「你真達觀。總之，謝謝你借我毛巾。」她稍微轉身，右肩靠着他的左膀，「今晚我請你喝香檳致謝，你什麼時間吃晚宴？」

「我們被編定吃第二輪，七時四十五分入座。不過，我爸不喜歡吃西式晚宴，嫌氣氛拘束，寧願吃自助餐。而且，借毛巾小事一樁，妳不必客氣。」

「你別跟我客氣才是。那麼，今晚看完九時十五分那場表演，我們在酒吧碰面，你想喝什麼、喝多少都可以，約定啦。」她瞄他一眼，轉頭察看天色，笑道：「承你貴言，雨歇了，毛巾還你。」她撥弄頭髮，把棒球隊浴巾落搭他的肩膀上，然後推開玻璃門，走出街上，攔下一輛剛巧駛過的的士，回頭向他揮揮

手，登車而去。

　　她撩撥頭髮時從髮尖甩出的水珠，以及披過的浴巾都帶着 Chanel 香水的氣味。

　　保羅從肩頭拿下又香又濕的浴巾，温温的握在手裏，回想兩次交談，只覺蘇太太爽朗隨和、打扮入時，笑容甜美，他心裏好奇，很想看看蘇先生是個什麼樣的人，跟老婆合不合襯？

　　天色再度放晴，路人像冬眠小動物、雌伏的小昆蟲，紛紛離開掩蔽處，回到陽光底下。

　　保羅把浴巾摺疊整齊，放回購物袋裏，也離開與蘇太太短暫共處、留下回憶的狹窄電話亭。

II
父親

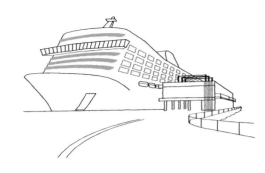

沖繩的紫外線量較同緯度的地區為高，陽光看起來不甚猛烈，但輻射強，雨後濕答答的路面，沒多久就回復乾爽。街上熱氣蒸騰，保羅走進商場呼冷氣，經過咖啡店、時裝店、甜品店，在二樓找到一間售賣整人玩具的小店，裏面顧客疏落，只得三個穿校服的小學生拿着試玩的商品，彼此作弄，嘻嘻哈哈地扭作一團，其中一人更不小心踩跌一些架上的貨品。老闆是個中年的禿頭大叔，坐在櫃檯後面老神在在地閉目養神，對小孩在店裏嬉戲完全不當作一回事。

保羅湊過去瞧瞧，原來小學生在玩一款讓人觸電的原子筆。

但見小胖子拈着筆尖逼同學拿住筆桿，同學不肯，左閃右卸。另一個瘦子撿起貨架上的尿尿娃娃還擊。小胖子機警避開，恰恰保羅站在他的身後，水花統統射到保羅身上。

「喂──」老闆瞪圓一雙怒目，以保羅聽不懂的日語破口大罵。

小學生慌了，立即放下貨品，一邊向老闆和保羅鞠躬道歉，一邊逃出小店。

「不打緊，我的衣服早被雨水淋濕……」保羅想到他們聽不懂，只好閉口，改以表情和手勢向老闆和小學生示意自己不介意。

擾攘之間，小學生轉眼逃去無蹤，老闆不知從哪裏張羅毛巾，雙手奉給保羅抹擦，連連鞠躬致歉。保羅為免老闆囉嗦，接過毛巾，認真在身上擦幾下，老闆這才滿意。

保羅做人的宗旨向來「你敬我一尺，我敬你一丈」，見老闆待客有禮，於是放下毛巾，盡顧客的本分，在貨架挑了幾款整人小玩意，老闆歡喜萬分，殷勤地拿出精美的包裝紙，要替保羅包裹貨品。

「不是送禮用的，我買來自己玩。」保羅拼命搖手，「不必浪費包裝紙，環保一些。」

老闆會意，深深鞠躬致謝，便按動計算機，為保羅算錢。

保羅張開購物袋，待老闆算好價錢，把小玩意收進袋裏。

最後，老闆在屏幕展示總數，再減去零頭，以示給保羅一點優惠。保羅二話不說，掏錢繳付。日元近年持續貶值，如今在日本消費相當划算，這點錢他付得非常樂意。

回到商場一樓，保羅感到有點口乾，看見迎面而來的女孩津津有味地吃着七彩繽紛的雪糕，非常可愛，也走進她光顧的雪糕店，掃一眼餐牌，選定熱賣的香芋味道混搭雲呢拿味道。

他不敢在父親面前吃雪糕，以免刺激他的食慾。

父親是個不願戒口的糖尿病人，最喜歡甜食，常說：「我已經七十幾歲，活了這麼多年，日子已是白賺的，這把年紀想吃什麼就吃什麼囉，反正將來兩腳一伸，像你媽一樣，就一了百了。」

　　除了糖尿病，父親還患上高膽固醇、高血壓、過胖、前列線肥大、風濕關節炎，每天服七、八種藥物。保羅只怕父親「兩腳一伸」之前，有一段日子要躺在病牀上，吊着幾根管子，長期不能自如活動。跟他解釋，他卻批評保羅詛咒他。

　　自青春反叛期開始，保羅與父親的關係變得疏離，話不投機半句多，母親在世時，兩人之間尚有一個傳話人。母親前年車禍過身，父子雖然同屋共住，起居生活都各自料理，保羅天天加班，放工已經很晚，總在外面吃了晚飯才回家，回到家裏便待在房內上網、打電玩，父子倆經常一整天沒交談半句。

　　保羅接過店員送上的雪糕，伸出舌尖舔一口，味道偏甜，即使沒糖尿病，也不宜多吃，趁父親不在身旁，放肆一次好了。

　　紅日西沉。

　　看看腕錶，時間不早了，船不等人，時間一到就駛離沖繩本島，開往石垣島，於是大口大口把雪糕吃完，走到街上攔的士。

　　人同此心，心同此理，大家都在國際通購物街「血拼」到最

後一刻，這時間，攜着大包小包的郵輪旅客差不多同時聚在路旁攔車，僧多粥少，攔車不易。保羅開啟 Google Map，返回海港碼頭大約二十分鐘腳程，反正自己購物不多，負荷不重，便選擇步行回去，也不必 Google Map 領路，抬頭遙望屹立碼頭的郵輪，以船頂的煙囱為目標方向，迤邐而行。

他們這趟郵輪旅程，是改善父子關係的重大突破。

今年母親忌日，保羅與父親在母親遺像前上香，走出骨灰庵時，保羅看着舉步為艱的父親，想到毫無交流的父子關係，只會每況愈下，眼見父親的身體一日比一日差，趁他的體能尚可支撐，就跟他去一趟旅遊。

由於父親過胖，雙膝關節負荷不來，出入要拄杖，乘坐郵輪最為方便。上網看過一些郵輪旅程，選了最合適的，便向父親提議，一如預料，父親大唱反調，搬出浪費金錢、困在船上不自在、暈船、海難、疫症等大堆理由反對。父親越老越愛抬槓，保羅提議什麼他就不問情由反對什麼，這是其中一個原因導致保羅不想跟他說話。

保羅一氣之下，把旅遊計劃擱置。

有一次，保羅向同事訴苦，對方替他分析，父親跟他抬槓可能是吸引他關注的一種「幼稚」行為，等於小孩鬧彆扭是為了吸引父母關心，這是「返老還童」的深層意思。

保羅一想也對，沒再跟父親商量，也不顧他的無理反對，

訂購郵輪船票。後來父親知道保羅訂了陽台艙房，轉為批評他胡亂花錢，説內艙房已經足夠，反正只在房內睡覺，有沒有海景都沒關係，想看海景上甲板亦一樣。

然而，身體是最誠實的。

登上郵輪，甫進艙房，丟低手提行李，父親第一時間走出陽台，靠在躺椅上，燃點一根香煙，看海景，吹海風，不哼一聲，看樣子，就知他很是享受。

走着，不覺暮色四合，路燈開始亮起，在保羅前往碼頭的方向，沿途的建築物以倉庫為主，大都烏燈黑火，街景對步行者來説毫無吸引力，周遭靜得出奇，不知何處傳來零星的狗吠聲，卻不見狗隻或招惹牠們的人。一路上只有照近不照遠的路燈，以及搖晃不定的車燈，身後國際通購物街的霓虹燈光鞭長莫及，前面的港灣味暗一片，唯獨郵輪燈光璀璨，尤其甲板第 3 層的船舷通道亮起一列藍色的泛光燈，份外奪目。

遠看，平靜的海港像個畫框，默然的郵輪像水彩景深，一個不存在的畫師擱筆前為景深補上一抹亮麗的水彩藍，整幅構圖頓然鮮活起來。

走着，視線漫不經心地掠向左右兩側，保羅察覺倒有不少「同路人」，大家從不同的橫街小巷轉出大路，殊途同歸，像朝聖一般，一同朝着郵輪邁步前進。

想起旅行社的宣傳口號「郵輪旅遊是一生該有一次的海上奢華體驗」，保羅不禁苦笑。

　　若非陪伴父親，來沖繩，他寧願做個自由行的背包客。

　　父親批評郵輪晚宴太拘束：衣着得體、排隊入座、依次上菜、菜式固定，他完全同意，難得父子倆意見相同。

　　不僅如此，船上的活動須按時間表進行，例如0630自助式早餐（甲板第9層）、0800早上散步（甲板第12層）、0900遊戲（甲板第5層）、0930研討會：舒適地行走（甲板第11層）、1000創意工坊（甲板第5層）、1100現場音樂會（甲板第3層），諸如此類，這種被規劃的遊玩方式，保羅難以投入。

　　一次夠了，陪伴父親度過一次海上奢華體驗，他盡了兒子的心意，功德完滿。

　　經過冷清的加油站，空氣中帶着汽油的氣味，雖不濃烈，但足以令患有鼻敏感的保羅不適，鼻子癢癢的，想打噴嚏又打不出來。他戴上口罩，加快腳步速速而過。

　　再經過泊滿遊覽車、貨櫃車拖頭的停車場，便返抵郵輪碼頭。

　　登船較離船簡單，沒日本海關官員檢查船公司蓋印的護照影印本，旅客只需在甲板0層閘口向船員出示房卡，讓船員掃描條碼，確認持卡者是旅客本人，再把手提行李放在X光機的輸送帶上，空身穿過沒啟動的金屬探測門，沒發現違禁品的

話，在輸送帶的另一端取回行李，便完成登船程序。

人不多，稍為輪候一會，耗時約兩、三分鐘，保羅輕鬆乘搭電梯往上層甲板。

電梯裏站滿旅客，人人滿載而歸，保羅與他們相比，就消費力而言，難免小巫見大巫，他當然不以為然。電梯到達甲板第7層，他挽着輕巧的購物袋，小心不觸踫到人家的「戰利品」，走到走廊上。長長的走廊，由船首一直伸延到船尾，右側是密閉式的內艙房，左側是開揚的陽台艙房，僅是一條走廊之隔，費用相差逾50%，一分錢一分貨，自己負擔得起，父親愜意，倒是值得。

經過7273號艙房，敲門問候蘇氏夫婦的念頭被他撲滅於萌芽狀態，非親非故，冒昧問候，只怕嚇壞蘇先生。保羅直走而過，回到自己的7275號艙房，拍卡開門。

「爸，我回來了，你有沒有去吃下午茶？」

沒人回應。

「爸？」

二十六平方米的艙房，一眼開透，牀鋪整齊，桌椅乾淨，顯然房務員打掃執拾過後，沒人待在房內，或者待在房內的人沒把房間弄污弄亂。

「爸，你在衞浴間嗎？」保羅記起父親曾在家中洗澡時不慎滑倒，爬不起身，這刻，門也沒敲，隨即拉開察看。

父親不在裏面。

老愛批評的父親最不滿意這衞浴間的空間狹窄，尤其洗澡的地方。昨夜他挺着大肚腩轉身取沐浴露時不覺把浴簾迫開，洗澡水沿簾底溢出，把馬桶周圍弄得濕淋淋。他洗完澡就埋怨不停口，睡覺時仍在碎碎念，聲言第二晚、第三晚不再進去洗澡。他頑固非常，說不去就不去，保羅擔心他在裏面滑倒是過慮了。

保羅掩上衞浴間的門，仍到陽台瞧瞧，躺椅下、茶几面各有一個煙頭。明知不可能發生，他還是神經質地探頭往欄杆外察看，上下左右都沒父親的身影，才讓自己放心。保羅暗罵自己「有病」。

郵輪即將再度啟航，欄杆外、碼頭上，穿着螢光背心的工人忙碌地跑來跑去。

保羅回到房內，看清楚，父親倚在睡牀邊的手杖也不在，估計父親外出。沒猜錯的話，他多半在甲板第9層吃自助餐，保羅不在旁監視，他一定放肆地大嚼甜點。

雖然在開放時間內，旅客可自由進入自助餐廳用餐，但這尷尬時段，介乎下午茶與晚餐之間，上一餐已吃飽，下一餐還沒餓，所以在餐廳裏，客人不多，在座的都是喝咖啡、聊天、玩手機。保羅走了一圈，不見父親，想起父親今天吃早餐和午餐時，都拿食物到船尾的泳池旁邊，一面看小朋友玩水，一面吃

東西，他喜歡那兒，可能現在也在泳池旁邊流連，於是穿過自助餐廳，從側門通道走到船尾。結果泳池一帶空無一人，既沒人玩水，也沒人看別人玩水。

「他跑到哪裏去？」

要知悉父親的下落，本來很簡單，打一通電話，或傳個手機短訊，就可以聯繫。可是，父親嫌收費太高，堅持不讓保羅購買郵輪的「網絡套餐」，還拍心口說：「我又不是小孩，怎會走失？即使一時去錯甲板，一艘船有多大？看看指示牌、問問職員，不就可以嗎？花這麼多錢上網、通電話，不值得！」

郵輪其實很大，現在人走失了，又失去聯絡，保羅不知道如何尋回他。

問職員，對，問職員！保羅拿手機顯示父親的照片，逐一詢問在泳池邊和自助餐廳當值的職員，答案俱是沒印象、沒看見、沒留意，總之沒人確定父親有沒有來過甲板第 9 層，即使之前曾經來過，沒人知道他現在跑到哪裏？

「Would you like something to drink, Sir?」泳池邊的酒保回答「沒印象」後，禮貌地反問保羅。

「No, thanks.」

Drink，吃飽或會喝一杯，保羅靈機一動，昨晚他們被拘束的晚宴耽延，較遲到達大劇場，只能在觀眾席第二層找到沒附設小茶几的座位看歌舞表演。父親很羨慕那些坐近舞台的人，他

們與歌舞藝人相距咫尺，時而端起小茶几上的酒杯小啜一口，時而隨樂曲節奏拍掌，偶然跟歌者輕輕握手，看在眼裏，父親懷緬昔日常在夜總會消遣的黃金歲月，散場時一再強調下一次務要提早到大劇場霸位，坐近舞台。

保羅看看腕錶，現在去霸位未免過早吧？不過，父親沒時間觀念，做事憑感覺，傻呼呼地跑去劇場霸位不足為奇。反正對父親的下落毫無頭緒，往大劇場走一趟，總勝過在船上瞎找亂撞。於是離開泳池，乘電梯到甲板第3層，再朝船頭方向走往大劇場。他告訴自己，這是最後一站，找不到便回艙房，說不定父親飲飽吃足，早就回去。

大劇場的大門常開，沒表演時，開放觀眾席，讓旅客在裏面閒坐。這時候，上中下三層的觀眾席空無一人，一幅波浪狀的紫紅色絨幕自天花板垂掛而下，把舞台團團圍住，幕底溢出燈光，以及人在台上走動時的腳影，相信工作人員正忙着為今晚的表演作最後準備，父親不可能待在幕後而沒被請走。

保羅放棄了，決定返回艙房，這時間父親若已回房，大概又坐在陽台抽煙，或者睡着了。

父親熟睡的樣子，有時像死了一般，昨晚保羅洗完澡，拿毛巾擦頭，走出陽台，瞧瞧父親，但見他雙目緊閉，老人斑蔓生的臉容僵直，下巴壓在胸口，整個人稍微向左歪斜。患有關節炎的右手了無生氣地擱在肚皮上面，左手鬆鬆垂掛在躺椅的把

手之上，半根沒熄的香煙丟在指尖下的地板，煙頭被風吹得一下子紅、一下子滅，兩腿之間的木板地上橫放着他那根終日不離手的手杖。

「死了？」

保羅突發一個荒謬的聯想。

若父親真的死了，當時，他的心情非但沒悲傷，反而感到一種無法言喻的釋放。

這種心態實在有違人倫，保羅隨即醒過來，面對現實，輕輕搖一下父親的肩膀。父親亦隨即醒過來，訝然問：「呀，什麼事？這兒是什麼地方？」

「我們在郵輪上，你忘了嗎？起身，輪到你洗澡了。」

「縮手，退後，不用你扶我，我可以的。」

「好，你慢慢起身。」

「我的手杖在哪？」

「在你的腳邊。」

「腳邊……唉呀！頭暈……沒事……沒事了……這麼黑，船在哪？」

「開往沖繩本島途中，大概在東海某處吧……」

保羅從大劇場回到艙房裏，再看時，父親還是不在陽台，遺留陽台上的還是那兩個煙頭，手杖不見。

大海茫茫，漆黑一片，看不見半點陸地的燈光，稀疏的星星自遙遠的高天現出淡薄的光芒，深沉無垠的黑夜彷彿從遙遠的北太平洋一直伸延過來，越過菲律賓海，越過東海，透進獨自憑欄的保羅的內心深處。

父
親

III
蘇太太

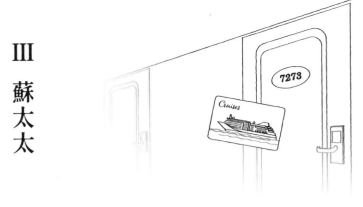

「咯——咯——咯——」

有人拍門。

「Coming——」保羅應門。

房門拉開，艙房外站着一個身穿高級船員制服的高大華人。郵輪在華語地區設立母港，意大利公司盡量安排華人船員值班，方便與不懂外語的華人旅客溝通。

「林先生，您好，我是這郵輪的保安隊長，敝姓麥，收到客服同事的轉介，貴親友在船上走失⋯⋯」

面前的麥隊長跟「相貌堂堂」完全沾不上邊，眼睛細長、鼻子扁闊、嘴唇潤厚，兼且手足粗圓、渾身贅肉，一套加大碼的船員制服穿在他身上，份外顯得繃緊。如果郵輪公司把此人的照片放上網頁，可能掀起新一波「辱華事件」。保羅待人接物，向來排除任何歧視，不會以貌取人，然而麥隊長的笨拙外觀，令保羅懷疑他的辦事能力。

麥隊長大概習慣被人以貌取人，從保羅的表情猜到他心思，不讓保羅開口，搶先說下去：「我是高級船員團隊裏唯一的華人，最明白同胞的需要，又在郵輪服務超過五年，船上大小

角落都瞭若指掌，尋找走失的客人，萬無一失。」

「其實，我的要求不複雜，你們只需做一次全船廣播，指示我爸去某處或找什麼人求助，就可以了。」

「對不起，為免騷擾其他客人，這種方式的全船廣播，我們不會做的，不過，我有更妥善的處理方法，請你放心。首先請讓我了解狀況，走失的是令尊翁，對嗎？」

「是。」

「他的年紀多大？」

「七十三歲。」

「高姓大名？」

「林如松。」

「林如松先生……」麥隊長打開 iPad，掃撥屏幕，開啟旅客檔案，「咦？奇怪？」

「什麼？」

「我們沒林如松先生的登船紀錄。」

「他在沖繩本島沒下船。」

「不，我的意思是，郵輪在母港啟航時，他並不在船上。」

「怎麼可能？你別開玩笑啊！昨日我們一起上船，一起坐在陽台上抽煙、看海，昨晚我們一起吃晚宴、看歌舞表演，然後他就躺在舷窗旁邊的牀上舒舒服服地睡覺，怎麼不在船上？你有沒有查核清楚？」保羅直接質疑麥隊長的辦事能力。

「根據電腦紀錄，林保羅和林如松兩位的確購備船票，但昨日啟航登船的只得林保羅一位。」

「荒謬！一定是電腦紀錄出錯，你們怎樣辦事的？活生生的一個人經過這麼多重關卡，證件看完又看，行李查完又查，不可能憑空說他沒上船？」保羅按奈不住，氣得大吼、跺足。

「林先生，請你冷靜，這樣吧，根據紀錄，你的登船時間是昨天下午二時三十七分，登船閘口裝有CCTV，我這就請同事調閱CCTV錄影，誰人登船、有沒有登船，一目了然。如果紀錄出錯，我先代表公司向你道歉。」

「快辦，快辦。」保羅壓下情緒，保持冷靜。

「請稍待片刻。」麥隊長安撫了保羅，用無線通訊器跟同事溝通，嘰喱呱喳的講了一大堆意大利語。保羅聽不懂，只能在旁乾瞪眼。

麥隊長掛線後，保羅指一下艙房，冷淡地問：「不進去等嗎？」

「不用了。」麥隊長搖頭，「我們不會待太久。」

就在這熬人的等待時間，鄰艙7273的房門打開，飄出一陣Chanel香氣，接着打扮得花枝招展的蘇太太纖腰款擺地從艙房步出走廊。

「嗨，林先生好……」蘇太太瞧一眼麥隊長，好奇地問保羅：「出了什麼事嗎？」

「我爸走失了……」保羅拍一下額頭,「對!這位蘇太太曾在船上見過我爸。蘇太太,他是郵輪保安隊的麥隊長,請妳替我爸當個證人,證明我爸人在船上。」

「世伯嗎?」蘇太太面露難色,「對不起,説上來不算見過,我並沒親眼見過世伯本人。」

「妳説什麼?今早我們在陽台上抽煙,我站着,我爸坐着,妳還隔着屏風圍板跟我們打招呼。」

「今早,我只見你一人站在陽台上抽煙,大概屏風阻礙視線,或者角度問題,我看不見坐着的人,世伯又沒作聲,如果他在的話。而我又不能俯身攀越欄杆,這樣太危險了……」

「明白的,蘇太太。」麥隊長插口,「林先生的問題,我會處理,不阻礙妳赴晚宴。」

「那好,我也不妨礙你們辦事。林先生,可對不起喔。」

「蘇太太,請。」麥隊長擺手送客,雙眼卻瞅着蘇太太身後。

蘇太太身後,一個白人男船員匆匆趕到,同樣身形高大。

另一端的走廊也來了另外兩人,其中一人身穿醫療制服,肩上掛着藥箱。

「什麼意思?」保羅火了,他覺得麥隊長調派人手把他包圍。

「林先生,這位是古醫生,請你隨他往醫療中心,讓他協助你。」

「我不需要醫生協助！」保羅大發雷霆，「我請你幫忙尋找父親，你有正經事不做，反而找兩個大漢來押我去看醫生，我沒病！我沒病！」

「林先生，事到如今，我不妨坦白直言，剛才我跟同事聯繫時，對方已即時調閱你登船時的CCTV錄影，證實你當時獨自一人登船，湊巧排在你身前身後的都是女士，沒一個男士，即是説，根據你確認的登船時間，林如松先生並不存在於這郵輪之上。」

「啊！你——」才走了幾步的蘇太太聞言停步，吃驚地轉身，舉起發抖的指頭指着保羅，「原來你精神失常……」

「我很正常！我很正常！」保羅激動地盯着那枚在他鼻尖前的紅指甲。

「蘇太太，請妳借過。」麥隊長向走廊兩側的船員招手，「我們要帶林先生前往醫療中心。」

白人船員移步擋在7275艙房門前，意圖明顯不過，防止保羅逃回艙房內。

古醫生把手探進藥箱內，不知握着什麼東西。

他們要動手了。

「且慢，我要投訴！」保羅轉眼掃視左右，掏出筆和紙，「你，姓麥的，寫下你全名和船員編號，我要投訴你，不，我要提告你誹謗。蘇太太妳剛才聽見他説的話，將來告上法庭妳要

當證人。」

「我……才不當證人，太麻煩……」

「你！快寫給我！」保羅把筆和紙遞給麥隊長，「不敢寫嗎？」

「好，我寫給你，但你要合作，去醫療中心……」麥隊長接過筆，「呀——」他的指頭突感痺痛，是觸電，縱然電力不強，不構成身體傷害，但仍使他呆了呆。

古醫生和兩名船員聽見麥隊長突然尖叫，不知發生什麼變故，也愣住了。

就在眾人發呆發愣的一剎那，保羅攫住蘇太太的手腕，把她拖回7273艙房門前，抓起她掛在頸上的房卡，拍卡開門，連推帶撞地跟她一同竄進艙房內，回身關門，鎖上門栓，背靠門扇大口大口地喘氣。

背部感到強力的拍門、撞門的震盪。

跟前，一臉驚惶失措的蘇太太退到電視櫃旁，捧起電水壺作防衛武器，擋在胸前。

「開門！開門！林先生，請你合作開門，不要把事情鬧大，不要傷害蘇太太，萬事有商量，我們是幫助你的……」

保羅的腦海一片空白，對麥隊長的「好言相勸」完全聽不入耳。

「你這個神經病，不要過來呀！」蘇太太雞手鴨腳地擺出一

個不倫不類的防禦架式,「我練過跆拳道,不怕你。」

「牽連妳,逼不得已,不好意思。」

「你到底想怎樣?」

「我也不知道該怎樣⋯⋯」

「那,放我出去。」蘇太太跑上前,欲奪門而逃。

「不可以!」保羅張臂攔阻。

「啊——」嚇得蘇太太尖叫驚呼,抱着電水壺轉身逃出陽台。

保羅並沒追出陽台。

蘇太太倚着欄杆俯身探頭,上下張望,尋找逃生路徑,卻是一籌莫展。

「小心別掉下去,大海茫茫,懂游泳也會淹死。」

蘇太太一慌,馬上退後兩步,卻仍與陽台玻璃門保持三步距離,以防保羅發難從房內撲出來攻擊她。

「進來吧,外面風大。我根本無意傷害妳。」

「你真的不會傷害我?」

「我跟妳無怨無仇,幹什麼要傷害你?」

「那,你坐在沙發盡頭的角落,我才進來。」

「Okay。」保羅退到蘇太太所指的牆角位置,安分坐下,把雙手安放膝蓋之上。

蘇太太小心翼翼地返回艙房,站在睡牀尾,靠近陽台玻璃

門，跟保羅之間相隔兩張單人睡牀、一個牀頭几的緩衝距離，保羅若有任何異動，她便再逃出陽台。

「我並非固意不撐你，我的確沒親眼見過世伯，不能向船員說謊。」蘇太太解釋自己的立場。

「沒親眼見過，不等於不存在，正如你的丈夫，我也沒親眼見過他，是妳說他在廁所裏拉肚子，是妳說他乘的士返回郵輪，現在又是妳一個人在艙房內，他去了哪？我雖沒見過他，但沒懷疑他不存在。」

「我老公先往餐廳排隊入座。他的情況跟世伯的不一樣，登船紀錄證明他在船上，而世伯，就連CCTV也沒拍到他，除了你精神分裂，把妄想當作事實，以為跟父親一同乘搭郵輪，我想不到合理的解釋。」

「我沒精神病，他們分明陷害我。」

「好端端的，船員為什麼要陷害你？沒事做找麻煩嗎？何況你普通人一個，陷害你有什麼好處？他們根本沒動機。」

「我就是想不通……」保羅苦惱地抱頭搔腦。

保羅分神，蘇太太見機不可失，馬上把電水壺擲過去，「卜」的擊中保羅的後腦杓。蘇太太同時拔足逃往艙房大門。保羅吃痛，倒在沙發上。電水壺滾落地板。蘇太太機警地提腿跨過電水壺，前腳順利跨過，後腳的鞋跟不慎絆着連接電水壺的插蘇電線。

「呀——」她頓失平衡，「叭噠」的重重摔了一跤。

「裏面發生什麼事？蘇太太平安吧？」麥隊長在門外焦急地拍門喊問。

「哎喲……」蘇太太癱地呻吟，「腰好痛……」

「我們要破門啦！蘇太太請勿站在門後！預備，三——」

「不要，千萬不要……我跌倒在門邊，爬不起身……」

「二——」

蘇太太的呼喊，麥隊長等隔着艙房門似沒聽見，門外傳來衣服摩擦、工具碰撞、步履走動的聲音。

蘇太太無助地抬頭盯着房門，不管船員用什麼方法破門，門扇不是整塊塌下，就是向左撞開，躺在門邊的她都會首當其衝，被重重的門扇砸中，頭破血流不在話下，萬一弄傷臉蛋，留下傷疤，她寧願當場被砸死。

破門在即，她避無可避，唯有蜷縮身體，把頭埋在臂彎之內，盡量減輕傷勢。

就在麥隊長在外面喊「一」前，保羅從沙發忍痛爬起，連滾帶跌地跪在蘇太太跟前，準備以背部硬接即將塌下或被撞開的門扇，保護蘇太太不被砸傷。

「林先生……」蘇太太好生感激。

「蘇太太，妳剛才說什麼摔倒？什麼門邊？我聽不清楚。」麥隊長原來聽見一部分。

「我跌在門前，沒大礙，是我自己在門邊跌倒，林先生沒襲擊我，我沒危險，你破門的話，門扇會砸傷我。」蘇太太一字一句鎮定地說。

「那好，我不破門，但林先生要跟我們合作，開門出來，事情不能這樣擾攘下去。」

「他的情緒已經冷靜下來，你們別再刺激他，我會盡力勸服他跟你們合作。」蘇太太讓保羅把她從地上扶起，慢慢坐到睡牀上。

「我說過不會傷害妳，妳就是不信。」保羅搓揉着被電水壺擲痛的後腦杓。

「反而是我傷害你，對不起……」蘇太太尷尬地吐舌。

「妳的裙子弄破了。」保羅拉開衣櫃，「要穿哪一件？」

「藍色的連帽薄外套吧，謝謝。」蘇太太拉一下左肩部位的破洞，欲哭無淚，「這裙子去年在歐洲坐郵輪時買的，由名師設計，只穿過一次，破了，心痛死。」

保羅從衣架解下外套，拋給她。

「你是個好人。不管你是真的帶世伯坐郵輪，抑或妄想帶他坐郵輪，你們的父子關係一定很好。」蘇太太穿上外套。

「跟妳所想的恰恰相反。」保羅坐在蘇太太身旁，「我們的關係嚴重疏離。」

「怎會？」蘇太太端詳保羅，「莫非……」她本想說：這種

疏離關係也是你妄想出來。

「我爸是個典型的大男人，自恃是家庭的經濟支柱，在家中一向目中無人，對我媽頤指氣使。他永遠是對的，家人永遠是他的負累，即使退休後也是如此可惡。不過，我最惱恨的是，我媽間接遭他害死。」保羅頓了一頓，苦笑道：「這些事千真萬確，並非出於妄想。」

「啊！伯母因何過身？」

「退休後，我爸跟舊同事每年總有一、兩次飯局，喝酒、聊天之類。前年那次，他到達餐廳才發覺忘記帶錢包，打電話叫我媽拿給他。我媽那天患了感冒，身體不舒服，卻不敢逆他的意，扶病拿錢包給他，過馬路時，精神恍惚，沒看燈號，被貨車撞死。」

「我想，世伯一定很後悔。」

「他表面上若無其事，但我見過他偷偷在我媽的靈位前哽咽，這才原諒他。後來想跟他多點溝通，改善關係，便帶他旅遊。始終是兩父子，相依為命。」

「細節這麼豐富，真不似妄想出來。」蘇太太再端詳保羅，「會不會前部分是真有其事，乘搭郵輪這一節並非事實？我聽說，人的大腦極其複雜，精神病人無緣無故出現幻聽、妄想、分裂等問題，真真假假，自己沒法辨別，你還是讓醫生檢查，沒病的話，還自己一個清白。」

「我把我爸找出來，不就是清白了嗎？」

「可是，你目前被困我的艙房內，如何去找？」

「真傷腦筋……」保羅又抱頭搔腦。

「鈴……」

「我的手機在響……」蘇太太指着地板，「勞煩你替我撿手袋。」

保羅俯身拾起手袋，把它放在蘇太太的膝上。蘇太太打開手袋，取出手機，瞧着保羅，「老公來的視訊通話，我接聽啦。」

保羅點頭同意。

蘇先生果然真有其人。

「老婆，麥隊長告知妳被脅持，還摔傷，傷了哪兒？傷勢要緊嗎？」

「腰有點痛，好多了，沒大礙。」

「那位林先生在哪？」

「他在我旁邊。」蘇太太靠近保羅，讓保羅也入鏡，跟蘇先生面對面交談。

「林先生，我老婆是無辜的，你的家庭問題、健康問題，請你自行處理，別把她牽連在內，更不要令她受傷，拜託。」

保羅只對着鏡頭下的蘇先生點頭，並沒答腔。

「你們還沒吃晚餐，應該餓了，我請麥隊長預備了食物。」

「老公，我沒胃口，吃不下。」

「沒胃口也要吃一些，補充體力，今晚不知要熬多久呢！妳把房門打開些許，接收食物。」

「不能開門。」保羅第一時間反對，「你們把食物放在籃子裏，從上一層甲板吊落這艙房的陽台給我們，就這樣吧。」然後按鍵中斷視訊通話。

「你擔心什麼？有我老公在場，一定阻止船員採取過激的行動。」

「我不是擔心。」

「你不擔心又皺眉頭。」

「有嗎？」保羅無意識的搓搓前額，「我只是奇怪，我曾在國際通購物街那廁所裏見過你老公，妳說他當時拉肚子，但他不在廁格裏，也不是小便，只是站在一旁等候。」

「他該是等候空廁格，我們女生如廁經常要排隊，有時還排到廁所外面，尷尬死了。」

「他的情況不一樣，當時，廁格的人有進有出，他完全沒意思要進去，我覺得他在等人。」

「他明明肚瀉，怎可能有屎不拉？我看，你多半認錯人。咦，食物吊下來了，你去拿還是我去？」

「我去吧。」保羅走出陽台解下吊籃，把籃子攜回房內。籃內放了兩份三文治、兩瓶鮮榨橙汁。

保羅的確餓了，先拿一份三文治，蘇太太則喝橙汁。

「我沒認錯人，那人肯定是蘇先生。」保羅撕開包裹三文治的保鮮紙，「正常情況，我們不會在又擠又臭的廁所裏等人，所以，我對他的印象特別深刻。」

「不對，不對，多半是你……」

「是我什麼？」保羅低頭吃三文治，聽不見蘇太太的下半句話，抬頭看她，卻見她目光渙散，嘴巴呆呆的半開半合，卻沒話吐出。

「噗——」橙汁更從她的手中丟下，弄濕地板。

「妳真不小心……」他趕緊蹲下去拾，不可思議的，赫然發現一件熟悉的東西橫放牀底下。他不管橙汁了，伸長膀臂把那東西拉出來，看清楚，果然是父親的手杖。

「喂，我爸的手杖怎會在妳的牀底下？」保羅拍一下蘇太太，「我爸何時來過妳的艙房？」

「我很累……想睡……」蘇太太渾身乏力，一拍就倒。

「妳別睡，認真想想看。」

「這根手杖……我沒見過……」蘇太太努力張開眼睛，「是……你爸的？」

「沒錯，我爸的手杖在這船上，證明我沒發神經，我爸的確……」保羅察覺蘇太太很不對勁，「喂，妳怎麼啦？」

蘇太太合上雙眼，癱在睡牀上，不省人事。

「迷藥？」保羅瞧一眼地上的橙汁，再瞧一眼艙房門，「卑鄙！」

船員把迷藥混入橙汁裏，打算把兩人弄昏，然後攻入艙房，幸而保羅還沒喝橙汁。

眼看船員攻堅在即，保羅不能束手就擒。他慌忙除下另一張睡牀的牀單，攜着父親的手杖，跑出陽台，把手杖從屏風隔板底下的空隙塞回7275艙房的陽台，再把牀單的前端綁牢陽台欄杆，使整張牀單垂落下一層，充當攀爬繩索，製造假象，誤導船員以為他爬落甲板第6層的陽台逃走；其實，他扶着屏風隔板，攀上欄杆，打算逃回7275艙房。

IV
手杖

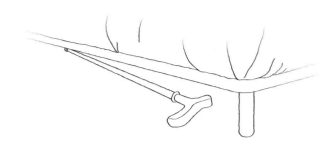

又濕又鹹的海風撲面吹來，腳下是冷陰陰的海水，背後是一片漆黑的大海，保羅一旦失足掉下去，身上沒救生衣、沒訊號燈，船一駛遠，船上的人無從尋回他，不溺斃才怪。他不禁心驚膽戰，雙腿麻木，踩在又圓又滑的欄杆上，寸步難移。要放棄嗎？不行，若給船員逮着，必被押進醫療中心，被施打鎮靜藥物，變得昏昏沉沉，到時誰去尋找下落不明的父親？船員判定父親不在船上，死活沒人會管。想到這裏，保羅鼓起勇氣，使力抓緊屏風隔板，後腳站穩，全身保持平衡，大氣不敢吐，緩緩伸出前腳，從邊緣跨越屏風隔板，踏足7275艙房的陽台欄杆上，踏穩無差，才提起後腳，也跨過去了，便跳下陽台，縮在牆角，一動不敢動，因為他瞥見有人從上一層游繩攀下7273艙房的陽台。

那人接着打開陽台玻璃門，跑進室內，再打開艙房門。密集的腳步聲隨即響遍7273艙房之內。

保羅聽見林先生喊道：「老婆，醒一醒。喂！你下藥這麼重，害我老婆昏迷不醒。」

「別擔心，我給她嗅一點阿摩尼亞，便會甦醒過來。」

「報告隊長，那姓林的客人，利用牀單爬落甲板第6層。」

「那，你們還站在這裏幹什麼？趕快到下一層攔截，不能讓精神病人在郵輪到處跑。」

「是。」

「吖，好臭……呀，老公……」保羅聽見蘇太太恢復知覺。

「老婆，沒事了。」

「頭好暈，想吐，咦，林先生呢？」

「那傢伙溜了。」

「剛才，他在我們的牀底下找到一件東西，好像很重要的……」

「他找到什麼東西？」

「是什麼呢？唉！竟然想不起來。」

「蘇太太，讓古醫生陪妳往醫療中心檢查一下，服點藥，休息一會，有助妳舒緩不適。」

「也好。」

蘇太太離開艙房的高跟鞋聲過後，保羅又聽見蘇先生説：「我倒沒失去重要的東西，那傢伙到底在我的房間裏找到什麼，奇怪？」

「待我們找到他就一清二楚了。」回應的是麥隊長。

「對，該做的事就必須去做，而且一做就必須徹底做好，不能拖泥帶水。」

「隊長，請恕我多言。」一個年輕女子插話，「我覺得這宗案件似曾相識。」

「妳想説什麼？」麥隊長語氣帶着上級向下屬考核的官威。

「你不記得嗎？兩個月前，姓廖的兄長報警，説弟弟帶老父乘坐郵輪，老父下落不明。警察到我們的郵輪調查，發現並沒那位父親的登船紀錄。」

「別胡説八道！根據廖家二公子的口供，廖老先生上船前身體不適，取消旅程，廖老先生後來在大公子家裏失蹤。兩宗案件風馬牛不相及，妳混為一談，人家會以為郵輪不安全，或者我們的紀錄出問題。」

「對不起……」

「滋……滋滋……」傳來一陣無線電雜訊，以及意大利語的對答。

麥隊長與同事通話過後，跟蘇先生説：「保安隊員在甲板第6層發現林先生。我馬上過去支援。」

「我也去瞧瞧，走。」

保羅明明躲在7275艙房的陽台上，他不懂分身術，也沒孖生兄弟，怎會在下一層甲板出現？船員分明認錯人，傳聞歐洲人看華人臉孔張張一樣，果然不假。

蘇先生和麥隊長的腳步聲隨着關門聲消失，7273艙房死寂一片，這兒暫時安全了，保羅悄悄推開玻璃門，從陽台爬進

房內，不敢亮燈，以最微細的動作在桌上摸着瓶裝水，擰開瓶蓋，仰頭喝一大口，定一定神，然後平躺睡牀上，思潮起伏。

過程僅是十多分鐘，保羅由一個普通的郵輪旅客，變成疑似精神病患者，又脅持鄰房旅客，淪為郵輪保安員的搜捕目標。

乘坐郵輪本來是「一生該有一次的海上奢華體驗」，現在父親無故失蹤，自己又要逃避搜捕，活了三十多年，他從沒想過會有這種「亡命天涯」式的體驗。

他想起一套夏理遜福主演的舊片《The Fugitive》，在電影裏，夏理遜福飾演一個涉嫌殺妻的醫生，越柙逃亡，不僅避過警察搜捕，最後反客為主，轉守為攻，逮到陷害他的壞人，還自己一個清白。

所謂戲如人生，電影需要模仿現實、還原真實。

相反，人生不一定如戲，電影結局往往滿足觀眾皆大歡喜的盼望，善有善報，惡有惡報。

現實的人生可以自編自導自演嗎？當然不可以，因為命運不在你我掌握之中。這一刻，保羅安然躺臥；下一刻，沒人說得準、算得準。這一刻，船員沒空兼顧7275艙房；下一刻，他們在甲板第6層撲個空，或有人想到搜查7275艙房，看看有沒有頭緒幫助找出保羅。所以，7275艙房不能久留，保羅無奈地放棄舒適的睡牀，摸黑拉開衣櫃，換過另一套乾淨的衣服，在船員還沒到來搜查，攜了父親的手杖離開。

保羅邊走邊戴上口罩，雖然 Covid-19 疫情緩和，防疫措施告一段落，但人們在公眾場所戴口罩仍相當普遍。

　　這個時間，晚宴剛結束，劇場、酒吧、賭場、小吃店、雪糕店、電玩遊戲間、兒童遊戲區等各處開始熱鬧，電梯裏、通道上、走廊中充斥着上落往來的旅客，當中不乏拿手杖、戴口罩的，保羅只要避開華人船員，混在人群之中，沒人會發現他。

　　他要去哪？

　　偌大的郵輪上，唯一知道底蘊又願意幫助他的人，只有蘇太太。

　　父親的手杖擱在蘇太太的牀底下，到底怎麼一回事？保羅要找她問個明白。剛才她誤服迷藥，神智不清，答非所問，現在她在甲板 0 層的醫療中心裏，相信已恢復清醒，溝通沒問題。

　　保羅看看腕錶，舞台表演差不多開始，這一刻，旅客最密集的地點首推大劇場，他於是不乘電梯，取道甲板第 3 層大劇場出入口附近的樓梯前往醫療中心。今晚的表演是雜技，較昨晚的意大利歌舞更吸引華人旅客，通道和樓梯都是前往大劇場的人。保羅是罕有朝反方向走的人，跟迎面而來的人擦肩而過。父親如沒失蹤，一定拉保羅提早入場，保羅也蠻有興趣。現在兩人都錯過看雜技表演的機會，很是遺憾。保羅希望父親平安，可以順利尋回他，不讓更大的遺憾發生。

醫療中心非常冷清，沒病人，周遭飄着消毒液的氣味，唯一在接待處當值的金髮護士百無聊賴地低頭玩手機，頻頻打呵欠。保羅推開玻璃門時門頂吊鈴發出的「叮咚」聲，讓她警醒過來。她趕緊放下手機，往文件夾裏一推，然後極速在臉上堆滿朝氣勃勃的熱情笑容，溫柔地問保羅有什麼不適。保羅回答肚瀉。他知道引致肚瀉的原因很多，有些患者沒特別的病徵，如發燒、頭痛、血壓升高等，容易規避初步的醫護檢查。

金髮護士完全相信他，輕輕指一下左側走廊，告訴保羅古醫生在病房裏照顧另一位病人，很快有空，請保羅坐在沙發上等候兩分鐘。

保羅作勢坐下，屁股還沒觸及沙發，旋即哈腰按腹，裝出隨時「火山爆發」的狼狽樣子，說要上廁所，問金髮護士廁所在哪？

金髮護士擺出一副十分同情的表情，仍指一下左側，告知廁所在走廊盡頭。

保羅繼續「狼狽」，急步跑進左側走廊，經過病房門外，從玻璃窗看進去，蘇太太躺在病牀上休息，看樣子，她已清醒過來，而古醫生正在執拾東西，似要離去。保羅先走進廁所，靠在門邊，從門縫間監視病房。沒多久，古醫生出來了，他慢慢走到招待處，跟金髮護士交談，接着回望廁所，大概知悉肚瀉病人仍在廁所內，於是向金髮護士交代一下，返回右側走廊的診症室。

診症室的門一掩上，保羅馬上跑出廁所，閃進病房，向滿臉驚愕的蘇太太打出噤聲手勢。

　　「你怎麼跑來這裏？他們到處找你呢！」蘇太太壓低嗓門。

　　「我找妳問個明白。」保羅把手杖遞到蘇太太面前，「我爸的手杖怎會在妳的艙房內？」

　　「對，我記起了，你先前在牀底下找到這根手杖。我從沒見過它，不知它何時在牀底下。入住艙房時，誰會檢查牀底下？」

　　「我爸一直是杖不離手，我最後見他，是在郵輪停泊沖繩本島，我離船登岸前。」保羅沉吟，「換句話説，手杖是在我登岸後被帶進妳的艙房。」

　　「我和老公也上岸了，所以我們不知道。」

　　「不，蘇先生去完廁所後，在下雨前，自行乘的士返回郵輪，他可能在妳返回郵輪前，在7273艙房裏見過我爸。」

　　「他倒沒提過喔。他是個大嘴巴，見過鄰房的旅客，一定跟我説。」

　　「不管怎樣，我要找蘇先生談一談……」

　　此時，輪到蘇太太打出噤聲手勢。

　　走廊傳來腳步聲和交談聲，正是蘇先生和麥隊長的聲音。

　　保羅登時急得手足無措，不論留下來或跑出去，都會遭麥隊長逮個正着。

　　「儲物間。」蘇太太扯保羅的衣角，「快躲進去。」

保羅會意，立即搶過去，開門躲進儲物間內，才掩上門，病房門就被打開了。

「老婆，沒事了吧？」

「好多了。」

「我去問一下醫生，妳能否回房休息。」

「老公，我記起了，林先生在我們的艙房裏找到一根手杖，說是他父親之物，我之前沒見過那手杖，你有印象嗎？」蘇太太代保羅提問。

「手杖？我從沒在艙房裏見過任何手杖。」蘇先生的回答毫不含糊。

「如果那根手杖屬於他父親的，麥隊長，林老先生可能真的在船上。」

「我們對旅客的登船、離船紀錄極為重視，核對又核對，確保無誤，滴水不漏。根據紀錄，林先生的爸爸沒上過船，就是沒上過。」

「但，的而且確有根不屬於我們的手杖在艙房裏。」

「也不等於是他父親的。很有可能是上一批旅客遺留的，在舊旅客離船、新旅客登船之間，我們只得兩、三小時的清潔時間，房務員匆忙清潔廁所、更換牀單、打掃地方，掛一漏萬，忽略了牀底下，並不出奇。」麥隊長言之成理，「依我看來，林先生無意中找到手杖，藉以借題發揮。精神病患者我遇過不少，

他們説話言之鑿鑿、信誓旦旦，我們稍為心軟，便信以為真。」

「老婆，妳別多心了，這事根本與我們無關，交給船員處理吧，我們抽身而退，繼續享受餘下的旅程。」

「説的也是，希望林先生好自為之。」蘇太太語帶同情，語氣接着一轉，「老公，我不想回艙房，我想去吃東西，喝一杯。這就走。」

「對，兩位好好享受，第一杯酒，我請客。古醫生方面，我代為説一聲就可以。」

「好啊，謝謝。」

病房門關上，三人的腳步聲在走廊漸遠。

保羅躲在儲物間，置身大批醫療用品、清潔用品之間，心情低落。

聽得出，蘇太太對他的信任動搖了。手杖這個重要物證，三言兩語被麥隊長推翻，他仍然是一個疑似精神病患者。他大力抓握手杖，這根手杖千真萬確是父親的，別人縱然不信，他絕不能放棄，否則，失蹤的父親就沒救了。

V
蘇先生

　　保羅醒過來，腰酸背痛，昨晚雖然睡得不好，最終還是睡着了。瞧瞧腕錶，早上七時，「海上奢華旅程」又掀開新的一天。回想昨晚輾轉反側，估計熟睡的時間沒兩個鐘頭，發了夢，夢境荒謬無稽，夢到小時候跟父親打籃球。

　　父親一生酷愛籃球，年輕時是球場常客，結婚生子後，心廣體胖，興致仍沒減退，晚飯後不時到公園籃球場與街坊大叔射籃、三對三比賽，有時心情好，會帶小保羅一起去，人少時，會教保羅一對一比賽。運動這玩意，年齡是一個重要的關鍵，不由你不服老。最初小保羅只有在後面追着跑，連「波皮」也摸不到，但隨着歲月一天一天的過去，小保羅日漸長高，肌肉增多，彈跳力增強，父親卻日漸老邁，此長彼消，優劣之勢逆轉，當父親打不過兒子，便沒再跟保羅一起去公園球場，而保羅也有自己的「波友」，沒興趣與父親打球。

　　父子倆最後同場較技大概是保羅念小學六年級吧，那天父親在公司受了氣，回家吃晚飯時找母親出氣，嫌她燒的菜太淡，把她痛罵一頓，那晚保羅在球場上痛宰父親，替母親出氣，當他連入七球後，父親悻悻然離場，不哼一聲。

昨晚的夢，奇怪極了，年青力壯的保羅跟拄拐杖的父親一對一比賽，肥胖老邁的父親毫無彈跳力、動作遲鈍、轉身緩慢，只得患有關節炎的右手運球，保羅擊潰父親簡直不費吹灰之力。不合理的是，保羅怎也搶不到父親的球，他忽左忽右地突襲，總被父親渾圓渾厚的背部和臀部擋住。不論手如何伸長，就連「波皮」也摸不到，像小時候一般，但他現已長大成人，不是又矮又瘦的小孩，若被父親痛宰，怎也說不過去。他於是努力搶球，可是越心急去搶，越顯得笨手笨腳。相反，父親護球、運球、上籃全都得心應手。

沒有最離譜，只有更離譜。患上初期白內障的父親，眼力如有神助，投籃準繩如百步穿楊，任何角度起手盡皆直接「穿針」得分，不撞籃框，不擦籃板，入球毫不拖泥帶水。幾個回合轉眼過去，比分拉開至零比七。不像昔日的父親，保羅沒放棄，留在場上，繼續比賽。

幾番努力，他終於搶到籃球，且擺脫父親的封阻，運球至「鎖匙圈」。正面對準籃框，要來一記最拿手的單足跳射，他自信姿勢優美，手法正宗，非入不可，不知怎的，籃球突然重如保齡球，宛若泰山壓頂的直壓下來，他的腳跳不起、手舉不高。身後，手杖觸地聲沉穩地響起，父親正一步一杖地徐徐逼近。球不能讓他奪回，保羅奮力再跳，但腳上像綁着鉛塊一般，鞋底始終貼着地面，半吋也躍不高。

步聲與杖聲已達背後，他的球隨時被父親奪回，他突然想起母親，已經失去母親，不能再失去籃球，「媽呀！」他大吼一聲，出盡吃奶之力躍起，結果一頭撞着防水帆布，從夢中驚醒。

　　那張帆布覆蓋着懸吊在甲板第3層船舷外側的其中一隻救生艇上。

　　保羅昨晚就在這救生艇內過夜。

　　昨晚隨着船上的娛樂節目逐一完結，在艙房外面走動的旅客越來越少，保羅被發現的機會越來越大，7275艙房又不能回去，他沒地方落腳，苦無對策之際，靈機一動，想起這些救生艇。旅客首日登船的首項活動是參加救生演習，大家齊集甲板第3層，看船員示範如何穿着和使用救生衣，聽船員講解救生艇的設施和操作，知道救生艇內存放了乾糧和飲用水，艇上又有帆布覆蓋，是一個理想的藏身處。

　　昨晚的嘉年華派對把大部分夜貓子旅客留在甲板第5層，甲板第3層的人在雜技表演結束後大幅減少，保羅趁周圍沒人，便躲進一隻救生艇內，吃配置艇上的乾糧充當晚餐。吃飽了，想睡一會，人雖累，但睡不着，一來睡救生艇超不舒服，二來日間父親失蹤後的種種事情，一件又一件地在腦海中反覆浮現，不由他不反思每一個細節、每一個疑點。得出的最後結論是，蘇先生的嫌疑仍然最大，雖然在醫療中心裏，蘇先生回應

蘇太太的提問時，把嫌疑推得乾淨俐落，取得蘇太太的信任，成功抽身而退，然而，壞人怎會承認做壞事？

　　保羅一定要當面跟蘇先生對質，撕破他的謊言。對質要單獨，有第三者在場他不會承認，因為壞人做了壞事，不會想讓其他人知道，即使親人也沒例外。

　　海面氣溫漸漸升高，保羅憋在救生艇裏悶熱難耐，他側耳細聽外面的船舷通道，並沒人聲、腳步聲，便小心掀開帆布一角，透透氣，且看一下郵輪現時的位置。

　　經過一夜的加速前進，日出後，郵輪已開入石垣島的海灣。

　　頭頂是蔚藍的天空，眼下是一片蔚藍的海水，綠翠的島嶼大小遠近，如果父親仍在7275艙房，他一定坐在陽台上貪婪地飽覽這些怡人的景致。

　　自助餐廳早上六時半開始供應早餐，早睡早起的長者已展開活動。尤其住在內艙房的，沒窗戶，沒陽台，一覺醒來，當然到外面走走，看海的看海，散步的散步，做早操的做早操。趁甲板第3層的船舷附近還沒人逗留，保羅悄悄爬出救生艇，為方便之後的行動，他把父親的手杖留在艇內，回身蓋好帆布，便跑進廁所。簡單梳洗一下，換過新口罩，再到自助餐廳，斟了一杯黑咖啡，取了炒蛋、乳酪和麵包，把食物放在托盤上，拿到船尾一個僻靜的角落，背着泳池充饑。

　　吃着，背後傳來人聲，嗓門好大，幾個大叔大嬸吃飽自助

早餐也來泳池邊閒坐。保羅不明白為什麼長者大都聊天如吵架，既吵耳又失儀，後輩沒勸告他們嗎？抑或他們不聽後輩的勸告？就像保羅與父親根本沒溝通，何來勸告？

再看海面，郵輪不知何時駛進港口，引擎在水面下攪動海水，升起大量白沫，在船尾拖着長長的白色尾巴。用巨大花崗石砌成的防波堤上，有人蹓狗，有人跑步，有人垂釣，沒人的位置，海鷗在石上晃來晃去。較高的甲板層上，不知哪間陽台艙房的小孩，不住以稚嫩的聲音向防波堤上的人高喊 Hello，可是沒人抬頭理睬，或許日本人聽不懂英語，或許大家對郵輪司空見慣，駛過就駛過，人不管，狗不吠，海鷗不飛。平靜的小島港口，天高雲淡，波瀾不驚。

船上廣播傳來登岸的訊息，通知已報名參加岸上旅遊團的旅客到指定甲板層集合，首先離船，沒報名的自由行旅客稍後依次登岸。

蘇氏夫婦不知是參加旅遊團還是自由行？保羅打算在岸上找機會截住蘇先生，但他不能經正常的通道下船，船員一發現他，就會把他逮住。他走到船舷，靠着欄杆，張望碼頭，看看有什麼方法偷上岸。

旅客正常的下船通道在船頭，所以他一定要在船尾想辦法。碼頭上，貨車、遊覽車、的士陸續開到。遊覽車和的士停在郵輪泊岸時的船頭附近，方便旅客登車。貨車則集中於船尾，

預備把補給品送上郵輪，或從郵輪接收廢物。工作時，進出船尾的會是陌生臉孔的日本工人。取道船尾，保羅有機可乘。

前面，領航小船駛開，郵輪減速靠岸。船首和船尾的船員分別朝碼頭拋出纜索，碼頭上的工人拿竹桿長鉤接着纜索，合力把纜索拖到石蠆圈牢。

郵輪停定，保羅動身了。

他沿樓梯跑下甲板0層，船尾連接卸貨區域的車道已相當繁忙，各式大小貨車排隊駛進駛出，工人忙着上貨落貨，保羅低着頭走在車陣之間。

前面，一大一小的貨車發生小意外，忙亂間互相擦撞，司機下車察看損毀情況，船員也圍過去協調。小貨車的車門沒關，保羅在副駕駛座上取走安全帽和螢光背心，扮成一個完成差事的碼頭工人，模仿日本工人跑來跑去的步調，裝出趕去處理下一份差事的敬業模樣，匆匆離開郵輪。

周圍的人不是忙於工作，就是關注交通意外，沒人留意他。他跑到碼頭前端的旅客候車處，棄掉安全帽和背心，坐在候車排凳的角落位置，等候蘇氏夫婦下船。

等着，等着，第一批旅遊團的旅客首先離船，由於旅客昨天在沖繩本島辦理過海關的入境手續，今天在石垣島上岸簡單多了，大家爽快地登上遊覽車，期待度過愉快的一天。

不見蘇氏夫婦。

蘇先生

遊覽車陸續開走，輪到自由行遊客離船。石垣島沒沖繩本島「國際通」一般規模的購物街，景點以自然風光為主，俱在交通不便的地點，登岸的旅客大都參加旅遊團，自由行的反而不多。一身名牌休閒服的蘇氏夫婦出現在自由行旅客之中，他們直走到的士站，保羅馬上尾隨，跟他們相隔三對夫婦，登上第五輛的士，以有限的日語、簡單的英語、無限創意的手勢指示司機跟在蘇氏夫婦的車後面，司機竟然明白。

石垣島的道路設計簡單，離開碼頭的車輛集中在主路上，都是走同一方向，不抄橫街，不鑽窄巷，跟丟的機會微乎其微。沿途盡是低矮的房舍，沒高樓大廈。除了便利店，最多出現的是燒肉店，招牌和看板一律以石垣牛作主打。石垣牛是當地「名物」，產量少、質量高、油花均勻、鮮嫩美味，每年從日本本州慕名而來的食客已把產量吃光，所以沒外銷，特別矜貴。

前前後後，有些的士停在不同的燒肉店門外，難得來到石垣島，旅客當然不錯過品嚐 A 級石垣牛肉的機會，但蘇氏夫婦的車仍然向前走。

他們要去哪？

石垣島的日照較沖繩本島強烈，舊款的士冷氣不足，保羅坐在車廂後座，來自前座風口的冷氣吹不到，只覺被陽光沉鬱地烘罩着，背脊冒汗。他不敢靠着椅背，以免汗濕貼着衣衫，更不舒服。

大約十分鐘後，的士把住宅區完全拋在後面，沿着海岸邊蜿蜒前進。車窗左側是沒邊沒際的藍色海洋，近岸的海面，漁船、遊艇零零星星地漂浮着。右側是不高的山嶺，草木翠綠茂盛，沒令人望而生畏的深邃森林。經過果園、菜田，還有牧場，矜貴的石垣牛被圈養在粗糙的木欄之內，一副沒精打采的模樣，或許牛有靈性，知道在世的時日無多，心情低落。

最後，的士轉入橫路。一離開公路，景色為之一變，這段車路明顯經過有計劃的人工化修建，路面新修而平直，路邊均勻地栽種了高度一致的椰子樹，樹幹上掛着金魚旗，以及白天沒開亮的吊燈串，充滿南國度假勝地的風情。

的士停在一座白牆紅瓦的餐廳前面，餐廳外面是水清沙白、陽光燦爛的泳灘。泳客走在沙灘上，踢起的沙粒閃爍着陽光，不高的浪頭源源不絕地湧拍沙灘，泳客跟湧上來的波濤相撲嬉戲，歡笑聲隱約可聞。

服務員安排蘇氏夫婦到沙灘的露天座享受陽光與海風，唯獨保羅走進冷氣充足的餐廳裏，點了啤酒，坐在茶色落地玻璃旁邊監視蘇氏夫婦。

蘇太太急不及待地寬衣解帶，脫剩預先穿着的紫色比堅尼泳衣，俯臥太陽傘下的躺椅上，讓蘇先生為她塗抹太陽油。蘇先生連鞋也沒除，只架上太陽眼鏡，左顧右盼地替老婆抹油，看起來心不在焉。服務員為他們送上兩杯七彩繽紛的飲料，也

為保羅送來一瓶沖繩啤酒和一個裝滿冰塊的厚底杯子。保羅把啤酒倒進杯子裏，冰塊融化發出一陣冷森森的「裂裂」聲，啜飲一大口，冰凍可口，順着食道滑落的沁涼，把在的士內吸下的暑氣消降淨盡，但鬱悶猶在，如果他沒機會跟蘇先生單獨對質，這場跟蹤豈不是白費！

蘇太太塗完太陽油，渾身光澤地跑出去玩水、踢水。

蘇先生坐回躺椅上，不動如山。

「老公，水很冷呢！」依稀聽見蘇太太興奮的歡呼。

蘇先生顯然不感興趣。

窗外的天空飄着奇形怪狀的雲朵。

蘇太太適應了水溫，不管蘇先生了，自顧躍進水裏向外游，泳姿輕鬆優美。

蘇先生終於落單，保羅待要出去找他對質，卻見他從躺椅站起，快步走向餐廳，保羅於是重新坐下，按兵不動。蘇先生沒進餐廳，沿牆邊麻石小徑繞道而過。

「他去哪兒？」保羅喝掉杯中的啤酒，從後跟蹤。

原來蘇先生走向廁所。

然而，他站在廁所外面的棕櫚樹下，燃點一根香煙，神神秘秘的，並非如廁，似在等人。

「沙灘並不禁煙，幹什麼跑到這裏抽煙？他又在廁所等人？有古怪。」保羅以右手的拇指和食指按擦鼻樑，他不急於一時拉

蘇先生對質，躲在另一株棕櫚樹後，靜觀其變。

蘇先生抽了兩口香煙，有人走近，他把剩餘的大半根香煙丟在地上，用腳踏熄。

走近蘇先生的是一個身穿運動背心的日本紋身大漢，大漢掏出一個纖細的黑色絨布袋，蘇先生掏出三卷厚厚的鈔票。鈔票換小布袋，一手交一手，兩人擦身而過，並沒停留交談。之後，紋身漢一逕穿越餐廳，頭也不回，筆直地走往停車場。蘇先生打開小布袋，伸指頭點算裏面的東西，臉上展露滿意的笑容。那三卷鈔票如果是美元或歐元，總數或有六位數字，可見小布袋裏的東西非常值錢。

蘇先生把小布袋收進褲袋裏，轉身折返沙灘。

是時候了。

保羅突從樹後撲出，左手揪住蘇先生的衣領，右手反拗他的手臂，使勁把他推進廁所裏。

「哎喲！搞什麼？是你——」蘇先生給保羅殺了一個措手不及，脫身不得。

廁所裏沒人。

保羅把蘇先生壓在洗手盆上，感應式水龍頭隨即注水，把蘇先生淋得頭臉盡濕，狼狽不堪。他被水嗆得眼睛也睜不開，仍使盡蠻力掙扎，雖然掙脫保羅的「臂鎖」，但被保羅趁亂搶去褲袋裏的小布袋。

「還我!」蘇先生大急,拚命撲過去搶,「嘭」地撞開廁格門,把保羅推進廁格裏,感應式馬桶蓋自動升起,兩人在水汪汪的免治馬桶上角力糾纏。

保羅提膝欲把蘇先生蹬開,反遭蘇先生熊抱不放,保羅改以穿掌上托蘇先生的下巴,蘇先生歪頭卸開,寸步不讓。兩人在狹窄的廁格裏抱在一塊,攬作一團。

「Su Mi Ma Sen……」清潔阿姨此時進來,立正鞠躬,對兩個大男人在廁格裏過分親近的粗獷行徑,忍不住流露厭惡的神色。但她依然克己盡責地拿抹布擦淨兩人弄濕的洗手盆,又更換垃圾桶裏的垃圾袋。

蘇先生被逼放開保羅,守在廁格外面,因為清潔阿姨知悉他們打架,必然報警,若警察到場,搜出小布袋,他沒法解釋裏面的東西從何而來。

保羅趁機打開小布袋,瞧瞧內裏乾坤。

清潔阿姨完成工作,鞠躬後離去。

蘇先生張開手掌,森然警告道:「還我,你想要命就不要把事情鬧大。」

「很值錢呢!」保羅吹一下口哨,從小布袋掂出一枚大若指尖的鑽石,晶瑩剔透。袋裏還有四枚大小相同的。

「與你無關,貨主是日本黑幫分子,他就在外面,我喊一聲,他就跑進來殺你滅口。」

「你要喊，就早喊了。」保羅把五枚鑽石統統倒在掌心，作勢要把它們投進馬桶內，「失去鑽石，第一個沒命的恐怕是你呢！」

「慢着，慢着，萬事有商量。」蘇先生焦急萬分，態度軟化。

「你是走私客，專門利用郵輪走私？」

「沒錯。」

「聰明，上落郵輪，檢查不嚴格。」

「廢話少說，你要什麼條件？快說，多少錢？」

「我不要錢，鑽石還你沒問題。」

「你要什麼？」

「真相，我爸的手杖為什麼在你的艙房內？」

「天呀！我怎麼知道？昨天我和老婆上岸，我在國際通取貨後獨自返回郵輪，一直留在艙房內，沒見過手杖，沒見過你爸。」

「你還不說真話，別怕我不客氣。」保羅轉動手腕，傾側手掌。

「且住！我說了，我記起來了。」蘇先生投鼠忌器，「昨日我回艙房後不久，有個老人家拍門，他記錯房號，門卡打不開我的門鎖，我告訴他房號錯了，他便轉試旁邊的房間，那該是你爸，大概那時候他把手杖遺在我的艙房內。事情就是這樣。你滿意吧！」

「是不是他？」保羅拿手機展示父親的照片。

「大概是吧，匆匆談了兩句，印象不深。」

「好。」保羅把鑽石放回小布袋裏，「鑽石我暫時保管，我們一起返回郵輪，你為我作證，向麥隊長證明我爸在船上，我才把鑽石還你，且替你保守走私的秘密。」

「你這個瘋子，不要食言，否則我宰了你餵魚。」

「一言為定。」保羅指着廁所大門，「你先走，我跟在你後面，防人之心不可無，尤其與黑幫勾結的。」

「哼！」勢不在他的一邊，蘇先生唯有順從。

「蘇太太知道你的走私勾當嗎？」保羅在後面問。

「喂！你不要太過分啊！」蘇先生停步轉身，兩眼冒火。

「果然瞞住老婆，好，我不說話。」保羅閉嘴，拇指貼着食指在唇上劃過，以示「拉鍊封口」。

兩人一前一後折返沙灘，蘇太太已在海裏游了兩圈，站在太陽傘下拿毛巾抹身擦頭，乍見保羅，吃驚地問：「船員在郵輪上找不到你，你怎會在這裏？還跟我老公在一起……」

「我跟蘇先生有緣。」

「老公……」

「妳別囉嗦，我與他趕着回郵輪，有要事處理，妳可以留下繼續玩水，遲些才回去，也可以現在一同回去。若是現在跟我們回去，就趕快收拾東西。」

蘇先生的心情差極，保羅説話又點到即止，蘇太太鑑貌辨色，知道少問為妙，不問最佳，於是把連串還沒説出口的問題吞回肚子裏，心不甘情不願地穿回衣服。

蘇先生在餐廳正門攔下一輛的士，讓蘇太太坐進副駕駛座，他與保羅分坐後座兩側，互不信任，互相監視。蘇太太回望兩人各懷鬼胎的樣子，亦不敢多言。

回程路上，經過牧場，經過菜田，經過果園，車窗左邊是不高的山嶺，右邊是藍色的海洋，再經過住宅區、便利店、燒肉店。住宅區靜悄悄的，家貓在屋瓦頂曬太陽；便利店裏「小貓三兩隻」，店員在收銀處打瞌睡；燒肉店間間都高朋滿座，門前泊滿汽車。

「下次再吃吧。」蘇先生突然拋出一句。

「啊！原來你們打算游泳後吃燒肉，尚早呢！你陪我上船後，再到碼頭附近的燒肉店吃到飽，時間充裕。」

「我自有分數，你顧好自己吧。」

「你兩個到底搞什麼？」

「別問！男人辦事，婦道人家別管。」

蘇太太自討沒趣，唯有鼓脹腮幫子，閉上嘴巴。

VI

襲擊

的士駛達郵輪碼頭，保羅下車後逕自向登船閘口的船員出示房卡，一切在意料之中，房卡條碼一經掃瞄，掃瞄器的屏幕出現警示訊息，船員請保羅稍待，立即通知保安中心。兩、三分鐘後，麥隊長帶着一男一女船員趕至。

保羅瞧着蘇先生甩甩下巴，蘇先生在麥隊長動手前，攔住他，解釋昨天在船上見過保羅的父親。

眾人聽後頓感困惑。

儘管蘇先生的「見證」存着疑點，但他是唯一的目擊證人，而且昨晚他的立場還跟保羅壁壘分明，今天反過來為保羅作證，倒沒包庇護短之嫌，所以麥隊長不能忽視蘇先生這個「人證」；然而，林如松並沒任何登船紀錄，人在船上的科學證據完全缺乏。

當麥隊長處於兩難之際，保羅帶大家前往甲板第3層，在救生艇裏拿回手杖，多加一項「物證」。麥隊長與男、女船員仔細端詳手杖後，商議一會，基於疑點利益歸於被告的原則，同意不扣留保羅，但請保羅留在7275艙房，不可隨便到處走。麥隊長另派船員在船上尋找林如松，以及請控制中心重新核實電

腦紀錄和CCTV紀錄。

保羅沒異議。

男船員接着向麥隊長耳語一番，說話時瞟了保羅幾眼，眼神閃爍。麥隊長點頭同意，轉身要求保羅留下手杖，理由是方便調查。

「你們要看，隨時來我的艙房看。」保羅堅持不允，從女船員手上一把取回手杖，「我回艙房了，我爸的下落就拜託各位。」

「等一下。」蘇先生追上前。

「我又累又臭，要回去洗個澡。」保羅撥開蘇先生伸出的手掌，「你先陪太太去吃燒肉，我稍後找你。」

「我沒胃口。」蘇太太賭氣跑開。

「總之，你先去哄老婆。」保羅拍拍蘇先生的肩頭，「我們的事容後再談，牙齒當金使，你答應我的，做了，我答應你的，一定不失信。」

「你敢耍花樣，我就⋯⋯」蘇先生氣得咬牙切齒。

「你看看後面，眾目睽睽耶，難道你想我把⋯⋯東西當眾拿出來嗎？」保羅眨眨右眼。

蘇先生瞥一眼身後，保羅所言不假，麥隊長等人正注視他們，他再一次投鼠忌器，容讓保羅離去。

保羅摸摸褲袋裏的小布袋，攜着手杖，氣定神閒地回到

7275艙房。脱掉濕、髒、臭的衣服,步進衞浴間,把鑽石和手杖放在洗手盆旁邊,拉上浴簾,調校水溫,痛快淋浴。才塗了沐浴露,燈光驀地熄滅。

伸手不見五指。

「停電……搞什麼……」保羅摸黑沖洗身體,光着身子,推門看個究竟。

艙房裏的電燈全黑,他試按開關,電燈再度正常放亮,突然眼前一黑,有人從後用黑布袋把他的頭罩住。他抬手要把布袋扯脱——

「啪——」後腦被那人重擊一拳,打得保羅金星正冒。

那人接着一手捏着保羅的後頸,另一隻手反拗保羅的右臂,大力把他的頭向前推,要不是保羅及時伸左手低住牆壁,一定給撞得頭腫臉瘀。

保羅抵得住第一波攻擊,第二波旋即襲至,他的右腿彎被那人踢了一記,膝蓋發軟,身子一歪,就跌在地上。

「啪——」鼻樑接着又中一拳,他感覺鼻骨歪了,鮮血從鼻孔汩汩流出。

那人很強壯,出拳很重,毫不留手。保羅目不能視,孤立無援,只能靠雙手護頭,不斷捱打,心慌意亂。

那人似要取他性命,騎在他身上,一拳接一拳地搋下,總共五拳,全都結結實實地擊在保羅身上。保羅血流披臉,渾身

痛得要死，感覺天旋地轉，隨時暈厥。

五拳過後，攻擊暫緩，聽見那人氣喘吁吁，他累了嗎？抑或保羅躺在地上一動不動，他以為保羅昏了，便停止攻擊。

那人是誰？保羅記得進門後已把艙房門關妥，他如何偷進來？為何要攻擊保羅？

那人隔着布袋搖了搖保羅的頭，似乎檢查保羅是否清醒。保羅全身放軟，不敢稍動，知道一動就捱打。

檢查過後，保羅覺得那人騎在他身上的重力消失。他站起身。保羅雖然不能看見，但感到那人目前的姿勢是分腿而立，從上而下地俯視保羅。那人的袴下就在保羅的右膝上方。保羅雖然不知道那人是誰，也不知道那人的目的，但肯定知道那人偷進來不會只為揍自己一頓，下一步多半施以更殘酷的手段，甚至殺人，現在趁那人鬆懈，趁自己還有丁點力氣，他要奮力一搏。

「咯──咯──」外面有人叩門，「林先生，我要跟你談談。」

蘇太太在門外。

感到那人分心。

保羅拚盡最後一口氣，右腳向上猛踢，正中那人的「要害」，那人悶哼一聲，摔倒一旁。

「林先生，裏面什麼事？我聽見好像有人摔倒。」

「救⋯⋯命⋯⋯」保羅扯開布袋,「救命呀⋯⋯」

「啊!房內有人喊救命,船員!幫忙!船員!這邊,快過來幫忙。」

終於有救,保羅再也支撐不住,昏倒了。

不知昏了多久,保羅感到自己躺在擔架牀上,被人抬着走,前面有人為他開路,不住高聲請擋路的人「讓開」。沿路遇到許多驚訝的目光、錯愕的低吟,以及 KOL 式評論:

「發生意外嗎?可見郵輪上危機四伏,並不如宣傳般安全。」

「看起來像打架,他是勝方還是負方?抑或兩敗俱傷?」

「如果不是皮外傷,就一定留有內傷,治不好,手尾長。」

「滿臉都是血,很可怕啊!蓋着毛毯,不知有沒有斷手斷腳呢!」

保羅希望沒人拍片上載社交媒體。

不久,遠離人群,進入飄着消毒液氣味的醫療中心,保羅認得這地方。

他被人搬上病牀。

有人替他量度血壓。

「看着光線,眼睛隨光線移動。」有人用指頭拉下他的眼瞼,同時拿電筒照射。

「鼻骨沒斷。」有人檢查他的鼻子,「忍住痛喔。」

保羅痛得連喊痛的氣力也沒有,只是張大嘴巴,重重地喘氣。

「鼻樑扶正了。你沒大礙，都是破皮、瘀腫之類的輕傷，護士會為你清洗和包紮傷口，我給你開點止痛藥。

「謝……」保羅認得是古醫生。

「放心休息。」

保羅合上眼睛，不知又過了多久，被人搖醒，仍在病牀上，搖他的人是蘇先生。

蘇先生的樣子又焦急又擔憂，他沒可能為保羅的傷勢焦急和擔憂吧？

「喂，醒一醒，張開眼睛。」

「已經張開了。」保羅雙眼瘀腫，睜眼不大。

「誰人打你？」

「看不見那人的面貌。」

「鑽石在哪裏？」

「在衛浴間的洗手盆旁邊，仍用你的黑色絨布袋裝着，跟手杖放在一起。」

「兩樣都沒有呢！我老婆和趙副隊長是第一批進艙房救你的人，她們都沒看見手杖和絨布袋。」

「那，一定被襲擊我的人取走。」

「糟了！死了！失掉鑽石，沒命了！全是你的錯，不肯還我。」蘇先生鐵青着臉，「喂，會不會是你使苦肉計，吞掉鑽石？」

「我要吞掉鑽石大把方法，幹啥弄傷自己？說不定賊喊捉

賊，偷進艙房打傷我的人就是你，除你以外，沒人知道我身上藏有鑽石。」

「你含血噴人……」

「不對，不對。我跟你打過架，那人的身形較你高，體能較你強，出手較你重。」保羅一拍側額，「對啦，當時蘇太太在門外呼喚船員幫忙，艙房只得一道門進出，那人逃跑，蘇太太和船員一定看見……」

「咯——咯——」有人叩門進來，是跟麥隊長一同研究手杖的女船員，「林先生醒了，蘇先生也在。」

保羅認得聲音，她昨晚在 7273 艙房被麥隊長斥責「胡說八道」。

「我關心林先生的傷勢，過來瞧瞧，恰巧他醒過來。」蘇先生輕拍保羅的肩頭，「對啦，趙副隊長，我們剛才聊到，艙房只得一道門進出，林先生遇襲時，我老婆和妳就在門外，妳們怎沒看見兇徒逃跑？」

「的確沒人跑出來。我用保安匙卡開門，只看見林先生一人……一絲不掛的……癱在地上，滿臉是血。」

「沒道理，艙房有多大？兇徒無處可躲，也不可能像大衛高柏飛變魔術一般憑空消失。」蘇先生瞅着保羅，「除非有人說謊。」

「也不一定。我們估計兇徒像林先生昨日一樣，攀爬欄杆逃

到 7273 艙房的陽台，因為蘇太太後來發現陽台的躺椅被人撞翻和踏污。」趙副隊長奇怪地瞧着蘇先生，「你沒看見嗎？」

「噢，我還沒回艙房。」

「不對，不對。」保羅眉頭大皺，「那人不可能從陽台攀過7273 艙房。」

「你當時不省人事，怎能如此肯定？」趙副隊長問。

「我們打鬥時，那人的下陰被我踢了一腳，任他如何身強體壯，那部位終究不堪一擊，男人最痛嘛，莫說攀爬，當時他就連步行也感困難。」

「這不對，那又不對，究竟有沒有那人存在？」蘇先生雖仍執信保羅使苦肉計，但關上房門把自己弄傷到這個程度，卻又不合常理，最糟糕的是，不知道誰人偷了鑽石，他睨一眼保羅，「總之，麻煩自找，損失自招，你逃不脫的。」

「蘇先生說什麼？」趙副隊長不解。

「我也不知自己說什麼？我要去喝杯啤酒冷靜一下。」蘇先生說罷，拂袖而去。

「我不懂他的意思。」保羅以聳肩回答趙副隊長詢問的眼神，其實他口裏裝傻，心裏明白，蘇先生把鑽石的損失算上他一份，但保羅目前最關心的仍是父親的下落，別的事都不放在心上。

「林先生，我找你是想談那根手杖。」

「聽蘇先生說，手杖被襲擊我的人取走。」

「沒錯，我們進入艙房後沒看見手杖，不過我在救生艇旁邊拍了照片。」趙副隊長拿出手機，展示手杖的照片，同時打開攜來的檔案夾，取出另一張列印出來的手杖照片，「請你看看兩張照片裏的手杖，可有分別？」

「似乎沒分別。」保羅左看一會，右看一會，「是同一根手杖。」

「列印本的手杖是兩個月前的失物，屬於一位廖老先生的。那是一宗無頭公案，廖家的大兒子和小兒子分別報警，指稱父親失蹤，大兒子說小兒子帶父親乘坐郵輪，父親一去不返；小兒子反過來說父親在大兒子家裏失蹤，兩人都懷疑對方謀害老父，意圖侵吞家產。」

「就是這艘郵輪？」

「對，狀況跟你的有點相似。小兒子與父親訂了陽台艙房，但根據紀錄，廖老先生當日並沒登船，小兒子亦指稱父親當天身體不適，放棄外遊，大兒子則一口咬定父親確實上船。而他們的艙房正正就是7273，你說在艙房的牀底下找到手杖，假設廖老先生曾經上船，那手杖就有可能是他留下的。」

「我沒興趣談假設。我的而且確找到我爸的手杖，林先生亦證明我爸到過7273艙房。那姓廖的家事，什麼兄弟不睦、老父失蹤、侵吞家產等等，統統與我不相干，我不想牽涉其中。而且

老人家的手杖，根根大同小異，款式相同的，隨處有售，我爸買到，廖老先生也可買到，請妳不要胡亂猜度，還是集中精神替我尋回父親吧。」

「麥隊長那邊已全力尋找，請你放心。」

「對不起，我的傷口作痛，需要休息，妳請回吧，不送了。」

「那，請你好好休息。」趙副隊長無奈離開病房。

保羅乾脆合上雙眼。

趙副隊長離開不久，房門被人粗魯踢開，保羅心有餘悸，以為兇徒追到病房繼續揍他，張眼一看，進來的是蘇先生，但蘇先生一副殺氣騰騰的樣子，對保羅的威脅不亞於在艙房內受襲。

「死瘋子，膽敢耍花樣！」蘇先生把喝剩的半罐啤酒擲向保羅，「我在外面聽見你和趙副隊長的對話。」

啤酒罐「噗」地擲中保羅的枕頭，彈落地板，酒液濺濕牀舖和保羅護臉的雙手。

「你別激動……」

「我怎不激動？手杖原來是廖姓老人的物件，你爸在船上是你杜撰出來的，媽的！你利用鑽石欺哄我替你做證。」蘇先生撲上前要揍保羅。

「手杖是誰的，你根本不在乎，你只在乎鑽石的下落。」保羅吃力抵住蘇先生，「我有頭緒是誰偷了鑽石和手杖，我們合作

揪出那人，你取回鑽石，我取回手杖，各取所需。」

「真的？」蘇先生放開他，「你再騙我，我當場宰了你。」

「聽完趙副隊長的話，我肯定那兇徒是個船員，範圍更可收窄至兩人。」

「你有什麼理據？」

「第一點，那人使用保安匙卡，即使我洗澡前關妥艙房門，他亦能打開門鎖。第二點，那人不錯從艙房的陽台逃走，但並非攀爬，而是用船員才有的保安鑰匙打開屏風圍板。」

「有道理。屏風圍板有道上鎖的小門，如果相鄰艙房的旅客彼此認識，可在訂房時告知郵輪公司，預先打開門鎖，方便他們在旅程中往來走動。」

「所以，那人負傷逃進7273陽台時，不慎撞翻、踏污躺椅。」保羅頓了一頓，接着說下去：「第三點，最重要的是，除你之外，世上沒第三個人知道我身懷鑽石，那人偷去鑽石是臨時發現，見獵心喜，他真正的目標是手杖，而親眼見過手杖的船員只得三人。」

「趙副隊長是女人，可以撤除，剩下的只有麥隊長和另一個姓楊的保安隊員，兩人體形高大，都有可疑。」

「那人的要害被我踢傷，一時三刻沒能康復，一試便知。」

「打鐵趁熱，打人趁傷，我們這就行動。麥隊長身形較高，我們先去試他，走！」蘇先生攙扶保羅下牀，仍身穿病人服的保

羅一步一拐地讓蘇先生扶着跑出病房。

「咦，林先生要去哪？怎不留在牀上休息？」趙副隊長還在醫療中心接待處與當值的金髮護士核對資料。

「沒醫生批准，你不能下牀。」金髮護士也阻止。

「妳們別管我，我有要緊的事必須澄清。」

「沒事的，我負責照顧他，放心。」蘇先生回頭問趙副隊長：「麥隊長和楊隊員在哪裏？」

「麥隊長嗎？他剛才說要往7273艙房找蘇太太做筆錄。至於楊隊員，麥隊長指派他在控制中心的電腦室覆核紀錄。」

「7273。」蘇先生朝保羅點點頭。

兩人不管趙副隊長追問，風風火火地趕往7273艙房，蘇先生拿房卡開門，只見麥隊長坐在桌前替蘇太太做筆錄。

「老公，你們搞什麼？」

「別吵。」蘇先生跟保羅互望一眼，「你試還是我試？」

「我的手痛，不夠俐落。」

「好，我來。」蘇先生輕咬嘴唇。

「麥隊長，麻煩你站起來，腿分開。」保羅走到麥隊長跟前，分散他的注意。

「Okay——」麥隊長姑且聽從保羅。

麥隊長一站起，蘇先生就落手。

「呀！老公——」蘇太太看得傻了眼。

「蘇先生——」麥隊長拉長臉孔，垂頭向下望，「你想我打斷你的手？還是控訴你性騷擾？抑或先打斷你的手，再控訴你性騷擾？」

「不是他。」保羅在蘇先生耳邊說，「目標是另一個。」

「不好意思，請多給我一點時間，過了今天，你連我的腳一併打斷也沒所謂。」

「別囉嗦，爭取時間，走。」保羅扯開蘇先生。

「你最好給我解釋清楚……喂，別走……」

保羅和蘇先生充耳不聞，跑出艙房，幾乎跟追來的趙副隊長撞個正着。

「呀，你們……」趙副隊長知道叫不住兩人，唯有改問艙房裏的兩人，「他們幹什麼？」

麥隊長不知如何啟齒。

「我老公……剛才……非禮麥隊長……」

「噢！」趙副隊長瞧着上司，掩着嘴巴，只覺不可異議。

「我可以保證，我老公一向是正常的，他今天的異常……我不知如何解釋，不過他落手前跟林先生說過……試……」

「試什麼？試我的脾氣、我的忍耐力、我的性取向……」麥隊長哭笑不得，「問題是，那兩個傢伙又跑到哪裏生事？」

「我可能知道，他們剛才詢問你和楊隊員的位置？」

「難道他們去找老楊……試……」麥隊長拿起無線電通訊

器，「我要提醒老楊……」

「慢着。」趙副隊長按住上司的手，「你、我、楊隊員今天一同在救生艇旁檢查那根手杖，之後林先生在7275艙房遇襲，兇徒被林先生踢傷下體，逃到這邊的陽台……」趙副隊長狐疑的走出陽台，用點力試推屏風圍板的小門。

小門應手而開。

VII
中刀

　　郵輪碼頭的防波堤上站着一老一少，爺爺重新鉤好魚餌，揮竿放絲，小孫子站得累，蹲在水桶旁，托着腮，低頭觀看爺爺不久前釣到的一尾肥美的鯛魚。想起爺爺說今晚把鯛魚宰了，切成生魚片作晚餐，小孫子擔心地問，吃了魚會不會中福島核電廠的輻射毒，爺爺捋鬚仰天而笑。

　　夕照越過對面山嶺的原始椰林把爺爺的白髮白鬚映紅。

　　紅日西沉，椰子葉在晚風中左右搖擺，似在跟山下港灣裏遠道而來即將離去的郵輪Sayounara。

　　郵輪再度啟航。

　　下午在船尾忙碌的大小貨車一輛不見，遊覽車和的士把旅客送返郵輪碼頭後，不再有新的客人，司機開着空車返回市區。下班的下班，覓客的覓客，碼頭回復冷清，剩得幾個穿着螢光背心的工人默默地跑來跑去，努力完成郵輪駛離的最後工序。

　　「嗚——嗚——」

　　郵輪船長鳴響汽笛，告別石垣島。

　　船舷欄杆邊站滿旅客，告別石垣島的夕陽美景。

　　欄杆後的通道上，保羅和蘇先生在人叢中左穿右插，快

步走向控制中心，疑犯只剩一人，他想要回手杖，他想要回鑽石，就要逮住他。

跑下一道樓梯，拐個彎，控制中心就在前面，蘇先生扯停保羅，問：「我們用什麼藉口進去？」

「先進去再說，若有人查問，直接回答找保安隊的楊隊員……」

此時，控制中心的磨砂玻璃門打開，楊隊員出現門後。

不用找藉口，無需通傳，楊隊員自動現身，保羅和蘇先生卻沒半分高興，因為楊隊員左右各多了一名船員，抓住他的上臂，按住他的肩頭，雖沒扣上手銬，但這是一個典型的解犯方式。

楊隊員被捕了。

從楊隊員舉步維艱的蹣跚模樣，不用試，已看得出他的下體受傷疼痛。

可惜，兩人來遲一步。

蘇先生仍不死心，跑過去設法跟楊隊員說話，第三名船員從後上前，揚手擋住蘇先生的去路，嚴肅地說：「這位旅客，請留步，不能接近。」

「可否通融一下，讓我跟楊隊員談……」

「不可以！」麥隊長也來到，擺手攔開蘇先生，「這關乎郵輪的保安問題，旅客不宜牽涉。」

蘇先生無言反駁。

「這也關乎我的個人權益，我是受害人，被他打傷。」保羅據理力爭。

「案件交給我們處理吧。」

「我堅持行使我的知情權。」

「那，你請先回醫療中心等候，我完成初步盤問再找你交代進展。而你，蘇先生，剛才我答應蘇太太不追究你的無禮，趁我還沒改變主意，你最好別在我的視線範圍內出現。」

「我慘遭郵輪的船員無故打傷，又失去財物，回到郵輪母港，我會考慮向船公司索償。我現在要求你跟我配合，讓我旁觀盤問，以獲取第一手資料，不然的話，我這就去找船長投訴。」

「好吧。」麥隊長讓步，「你只能留在觀察室，不能參與。」

「沒問題。」

「我也要去，將來索償時我是林先生的證人……」

「去吧，一併去吧。」麥隊長拿他們沒辦法。

趁麥隊長尚未反悔，兩人不再作聲，乖乖跟在後面，走進控制中心隔壁的保安中心，聽從指示，進入跟問話室相連的觀察室，隔着單面反光玻璃，觀看趙副隊長盤問楊隊員。

楊隊員大概被問及手杖的下落。

「我把手杖折斷數截，逐一扔進海裏，隨水流漂走。」楊隊員當過警察，深諳辦案程序，事情既已敗露，矢口否認無補於事，倒不如跟上司合作，將來刑事起訴時或可轉做污點證人。

「你為什麼這樣做？」

「妳該記得兩個月前廖家長子報警，指稱老父在我們的郵輪上失蹤，我認得那根手杖是廖老先生的物件，如果手杖曝光，就證明他確曾上船。」

「然則，廖老先生所有的登船紀錄都被你刪除？」

「是。廖家次子給我一筆錢，我收錢辦事。」

「廖家次子帶父親上船，然後令父親在船上失蹤，對嗎？」

「可以這樣說，至於他實際如何做？廖老先生最後在哪裏？是生是死？我沒問，他沒說。」楊隊員轉頭瞪着單面反光玻璃，「我已充分合作，如實回答，你們要兌現條件，我被林保羅踢傷，回到郵輪母港前，我要留在醫療中心接受治療。我不想蹲羈留室。」

「我還沒問完，這趟船程，發生類似的事，與你有關嗎？」

「妳說的是林保羅的父親在船上失蹤？這事，與我無關。」

「你沒刪除林如松先生的登船紀錄？」

「當然沒有，我收錢辦事，沒人給我錢，我犯不着多此一舉。」

這時候，在觀察室內，保羅按捺不住，嚷着：「你們誣蔑我發神經，看，你們的電腦系統多麼兒戲，隨便一個船員便可刪除紀錄，我爸的登船紀錄即使不是這姓楊的刪除，難保沒別的船員違反紀律。」

「請不要把兩宗案件混為一談。」麥隊長悻然。

「把我爸的手杖誤認作姓廖的手杖，是誰把兩宗案件混為一談？」

「別談手杖吧，反正已丟落海，改問楊隊員在7275艙房裏有沒有偷走別的東西？」蘇先生插口提議。

「你還失去別的東西？」麥隊長瞅着保羅。

「我本人就沒有。」

「沒有就不要節外生枝。」

「你們應該徹查哪些船員有同樣的權限或技能，可暗中刪除旅客的紀錄？」保羅道。

「我們辦事不用你指點。」

「你們就是辦事不力，才紕漏百出。」

「夠啦，你們觀察夠啦，請你們都出去。」麥隊長不勝其煩，忍無可忍，下逐客令。

蘇先生明白即使勉強留下來，對探聽鑽石的下落幫助不大，亦不想跟麥隊長的關係弄得太僵，便拉保羅離去。兩人乘電梯上甲板第7層，一路上，蘇先生不斷提出對策，例如夜晚偷進醫療中心找楊隊員，甚至綁架楊隊員，脅迫他說出鑽石的下落；或者偷進楊隊員的艙房徹底搜查。計策雖多，沒一條行得通，他越想越苦惱，想到郵輪返回母港後，他交不出鑽石，隨時橫死街頭，更是急如熱鑊上的螞蟻。反觀保羅，自從得悉手杖「葬

身大海」，他像得到解脫一般，對於如何向楊隊員討回鑽石，比之前冷淡多了，有意無意間流露一派事不關己的漠然。

「喂，我跟你說清楚，鑽石的損失我算上你一份，你不能置身事外，我若被人追斬，你也跑不掉。」蘇先生看不過眼，扯住保羅，「我跟你說話呀，你有沒有聽到？你要去哪？」

「換衣服，可以嗎？」保羅用指頭掃一下身上的病人服。

「可以——」

保羅甩開蘇先生的手，從口袋裏摸出房卡，步向7275艙房。

「你要換衣服，就趕快換，我們時間不多了，想不出解決方法，你休想活命。」

保羅還沒拍卡開門，7273艙房門就先打開了。蘇太太聽見丈夫的聲音，連忙跑出來，關切地說：「你們終於回來了，事情有什麼進展？逮到兇徒嗎？林先生的傷勢看來不太嚴重……」

「妳給我閉嘴！男人做事，女人懂什麼？整天吱吱喳喳，問長問短，討厭！」

「蘇太太只是關心你，才多問幾句，你太大男人了。」保羅推開艙房門，「要談就進來談，在公眾地方罵老婆，不丟人嗎？」

「我的家事，不用你管。」蘇先生嘀咕。

「對啦，蘇太太……」進入艙房後，保羅繼續冷待蘇先生，「我遇襲時，妳叩門找我，像是要找我談什麼事。」

「我不只找你，還想找他，那時，不知怎的，兩個都沒看見。」蘇太太交抱雙臂，「是這樣的，關於那手杖的遺失位置和找到位置，兩者並不吻合。」

「妳瞎説什麼？」

「你先聽她説完。」

「你在牀底下找到手杖，我親眼看見。但他説，世伯找錯門口，由始至終世伯都站在門口，或靠近門口，手杖怎會跑到牀底下？」

「我不妨告訴妳，由始至終，我都沒見過他的父親。他的父親找錯門口，全是我杜撰出來。」

「原來你騙人，為什麼？」

「我有……把柄在他手上，他要脅我……」

「原來你騙人……為什麼……」保羅的眼神呆滯，喃喃自語地重複蘇太太的話。

保羅的異常舉動，教蘇氏夫婦面面相覷。

突然保羅尖聲叫嚷：「因為……你殺了我爸！」

「瘋子，你不要亂説。」

「我爸找錯門口，無意中看見你的另一袋鑽石，或者其它走私品，你便殺人滅口，把我爸從陽台推落海，所以我們一直找不到他。幸而，蒼天有眼，我爸的手杖遺在艙房裏，讓我找到。」

「他神經錯亂，老婆，妳別聽他。」

「什麼鑽石？什麼走私品？」

「妳老公利用乘坐郵輪走私，他沒告訴妳？」

「怪不得每次坐郵輪上岸時，不管亞洲、歐洲、美洲，你總借故獨自走開，還有幾次你硬塞東西進我的手提行李，過關後急急取回，不讓我看是什麼東西，原來是走私品，萬一被揭發，你不擔心連累我坐牢嗎？」

「坐牢的是妳，不是他，他當然不擔心。」

「人不冒險怎得世間財？」蘇先生火了，「連累妳？妳周遊列國，享受奢華，吃的、喝的、住的、穿的、用的全都是最好、最名貴的，錢從何來？」

「說穿了，你利用老婆掩飾，你這個壞人，罪大惡極，為了掩飾罪惡，殺了我爸，殺人填命，血債血償。」保羅情緒失控，隨時撲過去跟蘇先生拚命。

「林先生請冷靜，我老公表面上聲大氣粗，實質是個無膽匪類，請你相信我，他只是小奸小惡，不敢殺人。」蘇太太在危急關頭，挺身擋在丈夫身前，把左手收在背後，搖動指頭，示意丈夫快逃。

「妳別擋住我，我不打女人，妳是個好人，我不打妳。一人做事一人當，他是我的殺父仇人，父仇不共戴天，妳讓開，我要手刃仇人。」保羅拉開抽屜，取出一柄三十厘米長的日本武士小刀。

「呀！刀呀——」蘇太太嚇得花容失色。

「老婆，小心。」蘇先生把妻子拉後，上前擋在她的身前，「妳快逃，找救兵去。」

蘇太太的腳步雖退，心仍記掛丈夫的安危。

蘇先生了解妻子的猶豫不決，反手在背後把她推向艙房門，蘇太太一個踉蹌，扶住門框，扭動門把，把門拉開，回頭，隔着丈夫，但見保羅大步逼近，目露凶光，握刀直刺，接着丈夫鮮血四濺，也不知被刺中什麼部位。

「啊！救命啊！」蘇太太豁出去，把逃跑拋諸腦後，抱住丈夫，急忙察看他的傷勢，驚見他腹部中刀。

「不要把刀拔出來，他會流血不止，死得更快。」保羅厲聲喝止。

被保羅一喝，蘇太太觸及刀柄的手，如觸電般彈開。

「裏面什麼事呀？」外面經過的旅客聽聞蘇太太呼救，在門外探頭探腦地查問。

「你用手大力按壓傷口，別放開。妳扶他跑去醫療中心求救，或有一線生機。」保羅把蘇氏夫婦攆出艙房，然後關上門。

蘇太太扶住滿身鮮血的丈夫跌出走廊，倉皇失措，六神無主，不住喊叫：「醫療中心……」

走廊上的旅客紛紛上前幫忙，艙房裏的旅客開門關心，有人打緊急電話給郵輪的控制中心，有老人讓出輪椅，給蘇先生坐上去，有人幫忙在後面推，有人跑在前面大聲開路，有人攙

扶蘇太太在後面跟着跑，有人在旁邊安慰蘇太太，有人為蘇先生打氣「撐住，不要睡」，有人按停電梯把裏面的人趕出去。有人拿手機跟着拍攝，距離較遠的人看不清楚，身形較高的踮直腳尖，身形較矮的攀上欄杆，不知狀況的人周圍打聽，有人穿鑿附會，加鹽加醋，不斷以訛傳訛。流傳最廣、最多人相信的版本是「妻子紅杏出牆，丈夫與情夫大打出手，丈夫被捅一刀，性命垂危」，更有人聲稱目擊兇案，什麼「拳來腳往，刀光劍影」說得繪形繪聲。

　　儘管甲板第 7 層一片亂哄哄、慌忙忙，在旅客守望相助之下，加上聞訊趕到的船員協助，終能騰出一條緊急通道，在短時間內把蘇先生送到醫療中心。

　　醫護人員已接到消息，嚴陣以待。蘇先生一到，合力把他搬進診療室。船員維持秩序，盡力把看熱鬧的、幫忙兼看熱鬧的旅客擋在門外。

　　麥隊長和趙副隊長護住蘇太太走進休息室，趕緊了解案情。

　　一把眼淚、一把鼻涕的蘇太太，以慘絕人寰的聲音發出哀號：「林先生刺傷我老公！他要殺死我老公！」

　　「林先生人在哪裏？」麥隊長追問。

　　「在他的艙房裏。」

　　「妳照顧她，我帶隊去捉人。」麥隊長霍然站起。

「慢着，隊長，剛才我看見林先生在醫療中心外面，圍觀者之中。」趙副隊長一臉疑竇。

「妳看錯吧？行兇之後，他還有膽跟着傷者來醫療中心？」

「我該沒看錯。」

「那傢伙當我們是酒囊飯袋嗎？」麥隊長一咬牙，大步踏出會客室，還沒召集保安隊員，只見古醫生表情古怪的從診療室走出來。

「傷者傷得這麼嚴重，醫生轉眼離開崗位，恐怕沒救了……」麥隊長黯然，待要說些什麼安慰蘇太太。

「醫生，我老公的情況如何？」蘇太太也從休息室出來，「請你盡力搶救他……」

「救什麼？如何救？」古醫生張開雙手。

「啊！老公……」蘇太太失聲痛哭，把頭靠在趙副隊長的臂彎。

「節哀順變……」趙副隊長安慰她。

「假的，妳哭什麼？」

「醫生，你說什麼？」麥隊長不明所以。

「根本沒傷口，血漿是假的，刀是伸縮的，都是整人的小道具。」古醫生哭笑不得，「全船人被她老公愚弄了！」

「可惡！」麥隊長額頭青筋暴現，「這麼多人、這麼多雙眼，怎沒人看得出？」

「光看她的呼天搶地，就沒人懷疑。」趙副隊長推開蘇太太。

「老公……」蘇太太的心情彷如坐過山車般大起大落，幾分鐘前丈夫中刀垂危，現在丈夫活生生的被護士攙出診療室，看見周遭的目光充滿厭惡、惱恨、奚落，一時之間不知該喜還是該憂？

不僅蘇先生現身，保羅也從走廊的另一端施施然踱出來，與蘇先生會合，並肩走向醫療中心的接待處。

「他們……的目標是老楊……」麥隊長猛然醒覺，跑進走廊，「我們中了聲東擊西。」

保羅和蘇先生慌忙讓路，麥隊長從兩人之間衝過，趕往病房，門外當值的船員不在，大概跑到醫療中心正門幫忙維持秩序。

麥隊長搶進病房，但見楊隊員好端端地躺在牀上，一雙手交疊枕在頸後，盯着天花板的雙眼轉為瞧着麥隊長，故作好奇地問：「外面這麼吵，發生事故？」

「剛才那姓林的進來過？」

「沒，除了你，沒人進過來。」

麥隊長明知他説謊，卻沒證據，遂毫不留情地説：「你對我隱瞞，我無需給你通融，稍後我把你押返羈留室才慢慢審問你。」

「我幹過什麼？」楊隊長一臉無辜地攤開雙掌。

抛下一個忿怒的眼神，麥隊長折返醫療中心接待處，看見蘇先生和保羅的得意洋洋，就氣上心頭，劈頭罵道：「你兩個王八蛋！信不信我……」

「別勞氣，玩笑鬧大了，對不起，對不起。」蘇先生作一個九十度鞠躬，「我鄭重向大家道歉。」

「我知錯了，即時起，我罰自己禁足艙房內，直至回到郵輪母港。」保羅也鞠躬致歉。

「我也自罰禁足。」蘇先生牽着蘇太太，「我們走吧。」

蘇太太甩開丈夫。

蘇先生聳聳肩，撇下妻子，逕自走出醫療中心。保羅走在他後面。蘇太太沒臉面對群眾，又不想再跟這個無情、無義、無恥的丈夫共處艙房，好生為難。

「妳進休息室吧，待多久都可以。」趙副隊長在蘇太太耳邊低聲説。

「謝謝。」

「派人監視他們。」麥隊長在趙副隊長耳邊低聲説。

「是。」趙副隊長立即指派一名船員尾隨保羅和蘇先生。

一路上，在眾人的鄙視目光，在船員監視下，兩人並沒交談，各自返回 7273 和 7275 艙房。

保羅關上門，小心跨過地板的斑斑「血跡」，平躺在睡牀

上，仰望白漆天花板，回想剛才的即興演出，非常滿意。

伸縮武士小刀和假血漿是昨天在沖繩本島的小店隨意挑的，想不到今天大派用場，發揮關鍵作用，沒有它們，計策絕不湊效。

蘇先生的假裝中刀受傷，蘇太太的涕淚交流，成功吸引大眾的視線，保羅混在人叢中走到醫療中心，醫護人員和船員把注意力集中於「搶救」傷者，保羅趁機偷進病房，因為時間有限，他向楊隊員開門見山：

「你拿走的鑽石遲早被麥隊長搜出來，到時大家一拍兩散，鑽石本來就不是我的，丟了我沒所謂，但你，他日出獄後，可以倚靠鑽石過活，你告訴我鑽石在哪裏，我們『二一添作五』，你那份我替你保管，或轉賣後把錢分給你的老婆仔女。」

句句一矢中的，安排合理妥貼，楊隊員根本沒法拒絕。

「哈哈，天降橫財，妙呀。」他閉上眼睛，撫掌而笑。

VIII
保羅

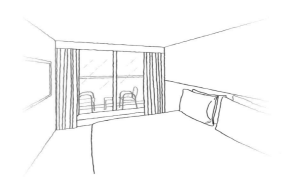

「咯——咯——」有人敲響陽台玻璃門。

保羅翻身掀開門簾，原來蘇先生站在外面，他已換過乾淨衣服，先前的「血案」在他這個「受害人」身上完全找不到痕跡。

保羅爬起身，拉開陽台門，讓蘇先生進來。

「哈哈，我學你站在欄杆上攀過來，真的不容易，差點失足跌落海，總算有驚無險。」蘇先生知道船員在艙房外面監視，盡量壓低聲線，「剛才我們超級有默契，合演一場好戲。你的演技非常逼真呢！我真以為你發瘋拿刀捅我，嚇得我幾乎失禁，直至你一刀刺下，我不覺疼痛，加上你恐嚇我老婆不要拔刀，那才明白你在弄虛作假，我於是配合你扮演中刀受傷，把所有人弄得團團轉。」

保羅點頭不語。

「怎麼樣？你見過楊隊員了，鑽石收在哪裏？我們何時去拿？」

保羅仍沒說話，只是搖頭。

「你一時點頭，一時搖頭，什麼意思？我不懂。」

「楊隊員始終不肯說，我們白演一場、白幹一趟。」

「他不説，你逼他説嘛。」

「麥隊長就在病房外面，你也看到他，楊隊員若在病房內吵鬧，驚動麥隊長，我脱不了身。」

「沒鑽石，難道你就可以脱身嗎？」

「哈哈……」

「有什麼好笑？」

「真是笑話。日本黑幫分子親手把鑽石交給你，不是交給我。你在郵輪母港的走私團伙，也不知我的存在。雙方人馬追究鑽石，不會追到我的頭上。」

「我必定供你出來，把你拖落水。」

「我是一個普通的打工仔，身家清白，黑白兩道都不是。你説，人家會信嗎？他們只會認為你失掉或吞掉鑽石，找一個不相干的人掩飾。」

「哎，我跟你無仇無怨，你為什麼這樣害我？」

「你殺了我爸，還敢説無仇無怨？」

「你到底是真瘋還是假傻？你爸根本沒上船，我從沒見過你爸，那根手杖明明是廖姓老人遺下之物，你把妄想與事實混淆、拼湊，將我當作殺父仇人，你要瘋就自己關上門發瘋，不要糾纏我。」

「好，我不糾纏你，你別騷擾我，兩不相欠，你滾吧。」

「你真是邏輯混亂，一時説我有殺父大仇，一時説兩不相

欠。」

「父仇不能不報，不過，你失去鑽石，上岸後必然橫死街頭，我不急於殺你，早晚有人代勞，我倒不用為你的死負上刑責。你滾蛋吧。還有，你如有什麼不測，除了接收你的鑽石，你的漂亮老婆我也可以……」

「我死，你亦沒好下場。」蘇先生被保羅激怒，「哼！你不殺我，我先殺你，反正走投無路，我跟你攬住一塊死。」他怒火中燒，猛撲過去，雙手狠狠地掐住保羅的脖子。

保羅只是反抗，並沒反擊。

兩人滾落地板，撞跌枱燈，踢倒椅子。

外面的船員聽見艙房內傳出打鬥聲，馬上用保安匙卡開門，只見蘇先生把保羅壓在地上，雙手死命掐着保羅的脖子，保羅兩眼反白，呼吸困難。

「住手！」船員制止。

蘇先生殺得性起，完全失控，不聽船員的喝令。船員救人要緊，拿伸縮警棍從後卡住蘇先生的脖子，大力往後扳，把他拉離保羅，迫使他放手，再揮棍重擊蘇先生背部一記、兩記、三記，直至蘇先生喪失攻擊力，軟軟倒下。

保羅的脖子又紅又腫，痛得像火燒一般，躺在地上不住嗆咳。

船員隨即用無線電通知上司。

保羅閉上眼，聽見周圍的腳步聲越來越密，感覺郵輪的速度越來越快，感到自己的心跳越來越強。

郵輪加速回航，船長歸心似箭，預計上午便能抵達郵輪母港，旅客分批下船，最快也要三、四小時才清空所有艙房。下午新的旅客登船，清潔打掃和補充物資的時間並不充裕，所以船長分秒必爭，郵輪越早返抵母港，船上的工作人員便越多時間預備新的航程。

然而，旅客的心情恰恰相反，回航越遲，他們享用船上設施就越久。最後一夜，嘉年華派對的時間最長，大家盡情跳舞、喝酒，賭場也相應地延長開放，多給機會旅客「盡地一鋪」。

保羅一直醒着，他拒絕前往醫療中心，頻說是皮外傷，睡一覺便康復。麥隊長也不勉強他。麥隊長對保羅的憎惡程度，並沒因他是蘇先生施襲的受害人而減少。既然作為一個可下決定的成年人，保羅拒絕接受治療，生死有命，麥隊長省得多費唇舌，只把蘇先生押進羈留室，明天跟楊隊員一併移交岸上的警察跟進，心裏暗罵，那兩個傢伙為他添煩添亂，完成他們的移交文件，今晚大概要熬通宵呢！

保羅一直靜靜地躺着，沒亮燈，陽台外面幽黑一片，天與海同樣晦暗不明，只能憑聽覺分辨現在究竟是凌晨什麼時間。

他躺下不久便聽到有人在7273艙房裏走動，估計是蘇太

太回來，蘇先生今晚在羈留室過夜，她回房不會遇見丈夫，亦可執拾行李，至於有沒有長嗟短嘆、哽咽拭淚，他就聽不到了。

他一直聽到洗手盆的滴水聲，還有偶爾在水管中咕嚕作響的流水聲。水管和水龍頭都老舊，更換的話，需要停航作一次徹底的大維修，停航沒收益，郵輪公司不會因小失大。每趟航程，旅客只睡幾晚，一般人不會在意，除了父親，第一晚入住，父親就抱怨滴水聲擾人清夢。然而，抱怨是一回事，他的鼾聲比滴水聲滋擾十倍，又是另一回事。

他又聽到浪花濺上陽台拍打欄杆、躺椅和玻璃門窗的聲音。欄杆、躺椅和玻璃門窗的物料不同，浪花落在上面的聲音原來也不一樣，聽了一會，他分辨得出了。郵輪加速航行，乘風破浪，擊起浪花無可避免，半夜三更，除了抽煙的父親，誰會跑出陽台？沒人的陽台，弄濕了，不礙事，明早太陽一出，又是清新爽朗的新一天。

最重要的是，他聽到鄰近艙房的開、關門聲，還有樂極忘形的旅客經過門外時的談笑聲，以及同行的人提示對方安靜的噓聲，這些聲音顯示一個重要的訊息，最後一場嘉年華派對結束了。

沒多久，當興盡而歸的旅客與疲憊不堪的船員回到各自的艙房，郵輪的所有通道、船舷大都變得空無一人，正如昨晚他躲在救生艇過夜時一般。而那在 7275 艙房外面監視的船員

在制止蘇先生行兇後一直沒回來，麥隊長也沒另派船員代替，估計麥隊長認為保羅一傷再傷，按常理，今晚只能躺在牀上養傷，不可能造次。恰恰相反，保羅偏要反常而行，做出不可預測的事情。

他忍住身上多處疼痛，以手肘撐起身體，摸黑穿上衣服，悄悄離開7275艙房。

走廊、通道沒半個人影，每間艙房門外都放了行李箱，包括蘇太太的7273，旅客臨睡前把行李推出走廊，讓運送員在郵輪泊岸前集中搬運，避免下船時，旅客拖着行李箱在船上擠來擠去，出現混亂。

雖然郵輪廣播一再提醒，但保羅全沒意思要執拾行李，他記掛更重要的事情。

電梯大堂，有點曲終人散的蕭條，垃圾桶裏塞滿雜物，花花綠綠的彩帶垂落桶外；破汽球、啤酒瓶亂丟桶旁，嘉年華派對的面具遺在排凳上，沒人清理，大概清潔工留待明天郵輪泊岸後一併處理。

保羅待了一會，景觀電梯到了，門打開，他走進去，按3字鍵，靠在玻璃帷幕梯壁，逐層瀏覽郵輪的裝潢。原來裝潢多麼的典雅堂皇，整體設計以古羅馬文明為主調，每層都有希臘神話的符號、雕塑、擺設，造工精細，巧見心思。這幾天保羅出入不是趕趕忙忙，就是左躲右藏，完全沒閒暇欣賞，就連照片也

沒拍一張，倒是一份遺憾。

「叮」的一聲，電梯平穩停在甲板第3層。保羅探頭往外看，跟上層甲板一樣，水靜鵝飛，他走出船舷通道，察看懸吊船舷外側的救生艇，吊架刻着編號，順着次序，找到第54號。

在醫療中心的病房裏，他問楊隊員鑽石收在哪，楊隊員沒正面回答，左手舉起四根指頭，右手張開手掌，補上一句「靈感從你的躲藏方法得來。」

保羅昨晚躲在救生艇裏，張開手掌即舉起五根指頭，答案呼之欲出——就是眼前的第54號救生艇。

楊隊員果然聰明，麥隊長下一步必然搜查他的艙房、儲物櫃、辦公桌，鑽石放在那兒，一定被搜出，收在平日沒機會使用的救生艇內確實穩妥。保羅勾動嘴角，露出詭異的微笑。

楊隊員真的聰明嗎？誰能保證保羅取了鑽石會跟他「二一添作五」，他根本不認識保羅，他日出獄後如何找到保羅要回他的一份？

保羅掀開救生艇上的帆布，開啟手機的電筒功能，照射艇內，登時收起笑容，因為裏面空無一物，再爬進去仔細檢查，配置飲用水和乾糧的位置，也不見鑽石。

他失望地坐在救生艇內苦苦思量。

難道楊隊員欺騙他？鑑貌辨色，不像，而且楊隊員除了跟保羅合作，已沒別的選擇。問題可能出於號碼的暗示。楊隊員

沒說話，只用手勢表示，不是 54，可能是 45，或者 4+5=9。

救生艇按雙單號懸吊，這邊船舷是雙號，45 和 9 都在另一邊，已走到這一步，保羅唯有繼續嘗試每一個數字組合的可能。他爬回船舷通道，橫過甲板，跑到另一側，先檢查 45 號救生艇，也沒有，只剩一個可能。他逆着排序找到 9 號，掀開帆布一看，登時大喜過望，連忙掩着嘴巴，不讓自己喝出采來，因為除了那袋鑽石，手杖也在艇內，楊隊員果然是個騙子，他騙了所有人。

鑽石和手杖就擺在艇尾位置，保羅不用爬進去，彎腰伸長膀臂就把它們手到拿來。

可是，當他站直身子，前後兩盞強力電筒忽地開亮，正正地照射着他。

他被包圍了。

「林先生請跟我們合作，把東西放在甲板上，舉起雙手，讓我們看清楚你沒利器。」麥隊長在他前面喝令。

「我只想取回手杖。」保羅把鑽石拋落腳邊，舉起右手擋住電筒的光線，「證明我爸曾經登船。」

「這根手杖真是你父親的嗎？你有沒有看清楚？」趙副隊長在後面提醒他。

「我當然看得一清二楚，這的而且確是我爸的手杖。」

「你有沒有留心握柄部位？」

「握柄？有個花痕，手杖用得久，撞撞擦擦，弄花難免，值得大驚小怪嗎？」

「請你仔細看清楚。那不是沒意義的花痕，那是一個小小的美術字，英文字母 N，手杖用得太久，字形有點模糊。廖老先生的亡妻叫 Nancy，廖老先生特意在握柄刻上 N，寓意每天與妻子握手同行。楊隊員留下手杖，目的是向廖家次子多敲詐一筆金錢。」

「你以為我答應老楊把他安置在醫療中心，就不會監控監視嗎？你和他的對話已現場攝錄下來，現在人贓並獲，有證有據，你無從抵賴。」

「我……」保羅窘困地瞧前瞧後，再瞅住欄杆外的海水，隨即下定決心，攀上欄杆。

「危險，小心——」趙副隊長駭然。

不管保羅的意圖是跳海自盡抑或洮水逃走，非要制止不可，麥隊長發力衝過去，飛身擒抱，把保羅從欄杆上撞下來。麥隊長的體重接近二百磅，加上全力衝刺，撞擊力非同小可。保羅被他一撞，整個人凌空摔落甲板，後腦「轟」的砸在欄杆的鐵柱上，即時流血昏迷。

陽光普照。

海鷗在碼頭廣場上連群結隊地遊離浪蕩，誰餵牠們吃薯

片、蝦條，牠們就靠攏誰。

　　人類在碼頭海鷗眼中，早已見慣不怪，完全不把他們放在眼內，仗着鷗多勢眾，一、兩個路人經過也不讓路，牠們的「咕嚕」聒噪似在耀武揚威：「不怕踩中地雷嗎？儘管放馬過來吧。」

　　然而，這個弱肉強食的世界，勢力較弱的一方必向強者屈服，當更大群的郵輪旅客拖着如坦克般的行李箱浩浩蕩蕩地漫過廣場，鷗群早就飛得煙消雲散。

　　蘇太太相當狼狽，一人拖着兩件行李，昨晚她睡得不好，今早又沒心情打扮，不施脂粉，加上愁眉苦臉，樣子較濃妝豔抹時蒼老差不多十年。趙副隊長心軟，找人搬來一架行李車，幫她把行李箱推到的士站，還叮囑她回家安頓好後，盡快前往警局報到，協助調查。

　　蘇先生和楊隊員低調地移交警方，麥隊長把證物和文件預備妥當，跟警方代表互相簽收後，撒手不管了。

　　接着離船的是保羅，他坐在輪椅上，頭纏繃帶，神情呆滯，雙目失焦，怔怔地不知瞅着誰，嘴巴開合，不斷喃喃自語，聲音沙啞，語調老氣橫秋：「我的兒子叫保羅，人品很好，性情和順，可惜做事不分輕重，老是虎頭蛇尾，好端端地帶我坐郵輪，自己卻不知跑到哪裏，請你們行行好，替我找他一找。我最後看到他，是在他獨自上岸遊覽前，可能在沖繩本島走失了，也可能錯過登船時間，船開走，他流落沖繩街頭⋯⋯」

「他發展出一個新的人格？抑或繼續裝瘋？還是昨晚被你撞壞了腦袋？」趙副隊長半認真半說笑。

麥隊長用鼻子「哼」了一聲，拿起掛在口袋的 Ray-Ban 太陽眼鏡，戴上，冷冷地說：「I don't care──」

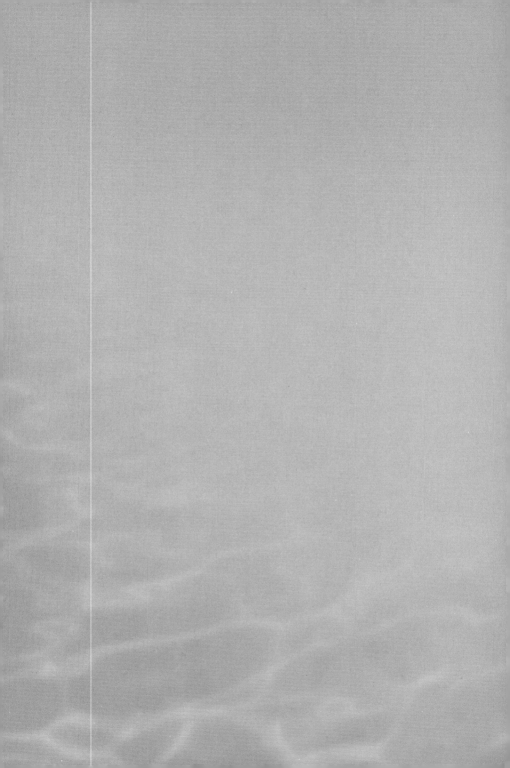

香港作家巡禮系列
謎 航

作　　　者：梁科慶
封面繪圖：Pug Knight
主　　　編：譚麗施
特約編輯：莊櫻妮
特約設計：陳皚瑩
系列設計：張曉峰

總經理兼
出版總監：劉志恒
行銷企劃：王朗耀　葉美如
出　　　版：明報教育出版有限公司
　　　　　　香港柴灣嘉業街 18 號明報工業中心 A 座 15 樓
　　　　　　電話：(852) 2515 5600　　傳真：(852) 2595 1115
　　　　　　電郵：cs@mpep.com.hk
　　　　　　網址：http://www.mpep.com.hk
發　　　行：香港聯合書刊物流有限公司
　　　　　　香港新界大埔汀麗路 36 號中華商務印刷大廈 3 樓
印　　　刷：創藝印刷有限公司
　　　　　　香港柴灣利眾街 42 號長匯工業大廈 9 樓

初版一刷：2024 年 4 月
定　　　價：港幣 88 元｜新台幣 395 元
國際書號：ISBN 978-988-8796-61-8

© 明報教育出版有限公司

補購方式

網上商店
- 可選擇支票付款、銀行轉帳、PayPal 或支付寶付款
- 可選擇郵遞或順豐速遞收件

電話購買
- 先以電話訂購，再以銀行轉帳或支票付款
- 訂購電話：2515 5600
- 可選擇郵遞或順豐速遞收件

mpepmall.com

讀者回饋

感謝你對明報教育出版的支持，為了讓我們能更貼近讀者的需求，
誠邀你將寶貴的意見和看法與我們分享，請到右面的網頁填寫讀
者回饋卡。完成後將有機會獲贈精美禮物。數量有限，送完即止。

https://www.mpep.com.hk/hkwriters